ANTOINE DE SAINT-EXUPÉRY

COURRIER SUD

GALLIMARD

남방 우편기

Courrier Sud

앙투안 드 생텍쥐페리 지음 | 이효숙 옮김

더스토리

차례

제1부

COURRIER SUD

1

"무전: 현재 시각 6시 10분. 툴루즈에서 기항지들에 통보. 프랑스-남아메리카 우편기 툴루즈 5시 45분 출발."

· · · · ·

물처럼 맑은 하늘이 별들을 담아 두었다가 내보냈다. 그러더니 밤이 되었다. 사하라는 달빛 아래 모래 언덕을 하나하나 펼쳐 냈다.

우리 이마 위를 비추던 달빛은 형체를 보여 준다기보다는 그
것들을 빚어 놓고 각각의 사물에 부드러움을 더해 주듯 비춰
주고 있었다. 우리의 조용한 발걸음 아래 모래는 호사스러울
만큼 두꺼웠다. 그리고 우리는 태양의 무게로부터 해방되어 머
리에 아무것도 쓰지 않은 채 걸었다. 거처와도 같은 밤……

그런데 우리의 평화로움을 어찌 믿는단 말인가? 무역풍이 남
쪽으로 쉬지 않고 미끄러져 갔다. 그 바람은 비단 스치는 소리
를 내며 모래사장을 문질러 댔다. 유럽의 바람처럼 휘젓다가
사라지는 바람이 아니라, 운행 중인 특급 열차 위에서 그러하
듯 우리 위에서 불어 대는 바람이었다. 때때로 밤이면 그 바람
이 우리를 강타하곤 했는데, 너무 세게 불어서 우리는 북쪽을
향하며 그 바람에 맞서 버티고 있었다. 그러면 휩쓸려 갈 것만
같았고, 알 수 없는 목표를 향해 그 바람을 거슬러 올라가는 듯
느껴졌다. 어찌나 초조하고, 불안하던지!

태양이 돌아서 다시 동이 텄다. 무어인Moors*들은 별로 동요
하지 않았다. 에스파냐 요새까지 위험스레 갔던 자들은 이런저

---

* 마우레인 또는 모르인. 8세기경에 이베리아 반도를 정복한 이슬람교도를 막연히
부르던 말. 11세기 이후 북아프리카나 아시아의 이슬람교도를 뜻하는 말로 쓰였
다가 15세기경부터는 회교도를 이르는 말.

런 몸짓을 하며 자신들의 총을 마치 장난감인 양 메고 있었다. 그것이 무대 뒤에서 본 사하라였다. 그곳의 불복종 부족들은 신비스러움을 잃어버렸고, 몇몇 단역들을 넘겨주곤 했다.

우리는 자신의 가장 한정된 이미지를 마주하고 있었고, 서로 의지하며 살고 있었다. 그 때문에 우리는 사막에서 고립될 줄을 몰랐다. 우리가 집으로 돌아가야만 그때서야 우리가 멀리 떨어져 있었다는 사실을 생각해 내고 조망해 볼 수 있었을 것이다.

우리는 5백 미터 떨어진 곳까지밖에 가지 못했다. 그 너머로는 불복종 부족들의 영토였기에, 우리는 무어인들의 포로이자 우리 자신의 포로였다. 가장 가까운 이웃인 포르테티엔*과 시스네로스는 각각 7백 킬로미터, 1천 킬로미터 떨어진 곳에 있고, 그들도 모암母巖에 붙잡혀 있는 듯이 사하라 사막에 잡혀 있었다. 그들은 같은 보루 주위를 빙빙 맴돌고 있었다. 우리는 그들을 별명이나 습관으로 알고 있었지만, 그들과 우리 사이에는 유인 행성들 사이에서와 같은 투터운 침묵이 가로 놓여 있었다.

오늘 아침 우리에게 있어 세상이 다시 꿈틀대기 시작했다. 마침내 무선 전신국의 무선 통신사가 우리에게 전보 한 통을

---

* 모리타니의 남서쪽에 있는 지역으로 현재 명칭은 '누아디부'. 이 나라의 경제 중심지다.

보내주었다. 모래 속에 박힌 안테나 두 개가 일주일에 한 번씩 우리를 바깥세상과 이어 주고 있었다.

"프랑스-남아메리카 우편 항공기 5시 45분에 툴루즈 출발. 11시 10분에 알리칸테 통과."

툴루즈에서 전해온 소식이었다. 그 소식은 멀리서 들려오는 신神의 목소리 같았다.

10분 만에 이 소식은 바르셀로나, 카사블랑카, 아가디르Agadir 를 거쳐 우리에게 도달했고, 이어서 다카르 쪽으로 퍼졌다. 5천 킬로미터 항로에 걸쳐 있는 비행장에는 비상이 걸렸다. 저녁 6시의 무전에서 우리는 다음과 같은 전신을 받았다.

"우편 항공기 21시에 아가디르에 착륙, 21시 30분 카보 후비* 로 다시 출발, 미슐랭 조명탄을 이용해 착륙 예정. 카보 후비에 서는 평상시와 같이 점등할 것. 아가디르와 항시 연락을 취할 것. 이상, 툴루즈."

---

* 쥐비 곶을 가리킴.

사하라 사막 한복판에 고립된 우리는 카보 후비 관측소로부터 멀리 날아가는 혜성*을 쫓고 있었던 거다. 저녁 6시경 남쪽 지역이 부산스러웠다.

"여기는 다카르. 포르테티엔, 시스네로스, 카보 후비에 알림. 우편 항공기 소식 긴급 전달 요망."

"여기는 카보 후비. 시스네로스, 포르테티엔, 다카르에 알림. 11시 10분 알리칸테 통과 뒤 소식 없음."

어딘가에서 비행기 한 대가 굉음을 내고 있었을 것이다. 툴루즈에서 세네갈까지, 그 소리를 듣기 위해 모든 사람이 귀를 쫑긋 세우고 있었다.

---

* 비행기를 뜻함.

2

툴루즈. 5시 30분.

공항 차량이 격납고 앞에 이르러 갑자기 멈춰 서자, 비바람으로 뒤범벅이 된 그 밤, 어둠 속에서 문이 열렸다. 500촉광의 전구들이 모든 사물을 진열장에서처럼 또렷하고 정확하게, 그러면서도 딱딱하게 비추고 있었다. 둥근 천장 아래에서 한마디 한마디 내뱉을 때마다 그 말들은 주변으로 울려 퍼지고 잠시 자리에 머물렀다가 침묵을 실어다 주었다.

번쩍거리는 금속판, 기름 때가 끼지 않은 모터. 비행기가 새 것처럼 보인다. 정비공들은 발명가와 같은 손길로 이 섬세한 기계를 살펴보고는 이제 막 기체에서 물러섰다.

"서두릅시다, 여러분, 얼른⋯⋯."

행낭, 또 행낭, 우편물이 비행기의 배 속으로 처박힌다. 담당자는 빠르게 우편물을 확인한다.

"부에노스아이레스⋯⋯ 나탈⋯⋯ 다카르⋯⋯ 카사⋯⋯ 다카르⋯⋯. 행낭 서른아홉 자루 맞습니까?

"맞습니다."

조종사가 옷을 입는다. 스웨터, 목도리, 가죽 비행복, 털 부츠.

잠이 깨지 않은 몸이 무겁다. 누군가가 그에게 재촉한다.

"자! 어서 서두르라고!"

두꺼운 장갑 속에 꽁꽁 언 손가락을 오그라뜨려 넣고는 손에 시계, 고도계, 지도 등을 잔뜩 쥔 채, 그는 굼뜨고, 어설프게 조종석까지 기어들어간다. 어딘가 불편한 잠수부 같은 모습이었다. 하지만 일단 조종석에 앉게 되면 모든 것이 편안해진다.

정비공 한 명이 올라와 그에게 말한다.

"630km."

"좋소. 탑승객은?"

"세 명."

그는 그들을 보지도 않고 맡는다.

활주로 책임자가 작업자들에게 몸을 돌려 묻는다.

"누가 이 엔진 덮개에 쐐기 못을 박았지?"

"제가 그랬습니다."

"벌금 20프랑이네."

활주로 책임자는 마지막 점검을 한다. 절대적으로 지켜야 할 절차. 마치 발레 공연처럼 규칙적으로 조정된 동작들. 이 비행기는 격납고 안에서도 정확히 제 위치에 있어야 하며, 앞으로 5분 뒤에는 저 하늘에서도 정확히 제 위치에 있어야 한다. 선박의 진수만큼이나 잘 계산된 비행. 제대로 박혀 있지 않았던 이 쐐기 못은 명백한 실수다. 기항지에서 기항지를 거쳐 부에노스아이레스나 칠레의 산티아고까지 날아가는 비행 여정이 우연의 결과가 아닌 치밀한 계산의 결실이 되기 위해서는 정확한 눈썰미와 500촉광짜리 전구 등 이 모든 엄격함이 선행되어야 한다. 폭풍, 안개, 돌풍 및 밸브의 탄력, 밸브로커, 연료와 관련된 숱한 돌발 상황에도 불구하고 먼저 출발한 특급열차, 급행열차, 화물열차, 증기기관차를 따라잡고, 완전히 제쳐버리기 위해서는. 그리고 기록적인 시간으로 부에노스아이레스와 칠레의 산티아고에 도착하는 것이다.

"출발하시오."

조종사 베르니스에게 종이 한 장이 건네진다. 작전 계획서다.

베르니스가 읽어 내려간다.

"페르피냥의 날씨는 바람 한 점 없이 맑음. 무풍. 바르셀로나는 폭풍우. 알리칸테는……."

툴루즈. 5시 45분.

힘찬 바퀴의 움직임이 굄목을 찍어 누른다. 프로펠러가 일으키는 바람으로 20m 뒤쪽까지 풀들이 뒤로 젖혀지며 물살을 일으킨다. 베르니스는 단 한 번의 손목 움직임으로 폭풍을 일으키거나 제압할 수 있다.

이제 엔진 소리가 점점 커진다. 반복적으로 커져가는 소리는 점점 고체에 가까운 환상을 만들어내며 공간을 가득 메워 기체를 에워싼다. 조종사는 그때까지 채워지지 않던 무엇인가가 충족됨을 느끼고는 '이제 됐어.' 하고 생각한다. 이어 빛을 등지고 곡사포처럼 하늘로 뻗어 있는 시커먼 엔진 덮개를 바라본다. 프로펠러 너머로 새벽 풍경이 떨린다.

바람을 안고 천천히 비행기를 몰다가 조종사는 속도 조절 핸들을 자기 쪽으로 당긴다. 비행기는 프로펠러에 이끌려 빠른 속도로 내달린다. 대기 중에서 탄력을 받아 생긴 기체의 흔들거림은 점점 약해지고 마침내 지면이 팽팽해지는 게 느껴지더니 컨베이어 벨트 같은 바퀴 밑에서 반짝거린다. 조종사는 이제 공기를 가늠해 본다. 처음에는 느낄 수 없었던 공기가 다음에는 액체로 느껴지고 이제는 고체가 된 듯 판단되면, 조종사는 거기에 의존하여 위로 올라간다.

활주로 가장자리에 늘어선 나무들이 자취를 감추면서 200m 상공에서 내려다보니 어린 양떼, 곧게 심겨진 나무들, 색색의 집들이 보였고 숲들은 모피를 두르고 있는 형상이다. 대지에서는 사람의 흔적이 느껴진다.

베르니스는 등을 굽히고 팔꿈치의 제 위치를 찾아본다. 안
정적인 자세를 취하기 위해서다. 낮게 뜬 구름들은 철도 역사
의 어두컴컴한 구내처럼 툴루즈를 덮고 있다. 그가 손의 힘을
서서히 빼며 저항을 줄이자 비행기는 상승하기 시작한다. 손목
한 번의 움직임으로 베르니스는 자신을 들어 올리고는 그의 몸
안에서 파장처럼 퍼져 나가는 각각의 파동을 일으킨다.

5시간 뒤에는 알리칸테, 오늘 저녁에는 아프리카다. 베르니
스가 생각하는 꿈의 여정이다. 그는 편안한 마음으로 생각에
잠긴다. '모든 게 정리됐어.' 어제 그는 야간 급행을 타고 파리
를 떠났다. 어쩌나 이상야릇한 휴가였던지. 파리에서의 휴가는
얽히고설킨 회상들이 어렴풋이 남아 있고 그는 이 때문에 우울
한 생각이 들었지만 이제 모든 것을 남겨두고 떠나왔다. 마치
모든 것이 자기와는 상관없이 흘러가는 듯이. 지금으로서는 밝
아 오는 새벽과 함께 태어나는 기분이었고, 그 스스로가 이 하
루를 만들어가는 조력자로 느껴졌다. 그는 생각에 잠겼다. '나
는 그저 한 사람의 노동자에 지나지 않아. 아프리카 우편물을
전달해 주는 사람일 뿐이야.' 하루하루 세상을 건설하는 노동
자에게 있어 세상은 매일매일 시작된다.

'모든 것이 정리됐다……' 그 아파트에서 보낸 마지막 저녁. 신문은 쌓인 더미 곁에 접어 두었고 편지들은 태워 없애거나 정리해 두었다. 그리고 세간은 천으로 덮어 놓았다. 모든 것이 커버로 뒤덮이고 일상 속 쓰임새를 잃어버린 뒤 공간 속에 배치됐다. 이 가슴속 동요는 더는 의미가 없었다.

그는 마치 여행을 떠나기라도 하는 양 다음 날 모든 준비를 마쳤다. 그리고 이튿날 아침 미국에라도 가는 듯이 열차에 탑승했다. 아직 마무리되지 않은 일들이 그를 옭아매는 듯했다. 그러다가 문득 자유로운 몸이 됐다. 베르니스는 스스로가 그토록 얽매인 곳 없이 죽음 앞에서 무력한 존재라는 사실을 깨닫고는 두려움마저 느꼈다.

그의 아래로 비상 기항지 카르카손이 지나간다.

얼마나 질서정연한 세계인가. 고도 3,000m 상공에서 내려다보는 세상은 마치 상자 속에 차곡차곡 들어 있는 목장처럼 잘 정리된 모습이다. 집들도 운하도 도로도 모두가 인간의 장난감 같다.

너무 늘어놓고, 너무 펼쳐놓은 진열장 속의 세상, 돌돌 말린 지도 위에 잘 정돈되어 있는 마을 등. 느릿느릿 움직이는 대지는 파도가 밀려오듯 정확하게 이 같은 모습을 가져다 보여 준다.

그는 자기가 혼자라고 생각한다. 고도계기판 위로 태양이 반사된다. 서늘하지만 반짝이는 태양. 방향타를 한 번 움직이자 전체 풍경이 방향을 바꾼다. 광물성 대지를 비추는 광물성 빛. 살아 있는 것들의 부드러움과 연약함과 빚어내는 모든 것이 사라진다.

그럼에도 이 가죽 자켓 속에는 따뜻하고 연약한 베르니스의 육신이 들어 있다. 그리고 두터운 장갑 속에는 손등으로 주느비에브, 당신의 얼굴을 부드럽게 어루만졌던 손이 들어 있다.

자, 이제 에스파냐 국경이다.

3

자네는 오늘쯤 내 집 드나들 듯 편안한 마음으로 에스파냐를 지나가겠지. 낯익은 풍경들이 하나하나 펼쳐질 걸세. 비록 폭우가 몰아쳐도 여유 있게 헤쳐 나가겠지. 자네는 바르셀로나, 발렌시아, 지브롤터가 다가왔다가 휩쓸리듯이 사라져 갈 거야. 모든 것이 순조롭게 풀려 나가겠지. 둘둘 말린 지도를 펼칠 거고, 끝난 일은 뒤로 가서 차곡차곡 쌓일 걸세. 나는 자네가 이 일을 처음 시작하던 때를 기억하고 있네. 내가 자네에게, 자네가 첫 우편 비행을 하기 전날 밤 어떤 조언을 해 주었는지도 기억하고 있지. 그날 새벽 자네는 품안 가득 사람들의 속 깊은 사연을 떠안아야 하는 처지였네. 자네의 연약한 품 안에 말이야. 무수한 함정들을 지나 외투 속에 보물을 감추듯 사람들의 사연을 끌어안고 실어 나르는 일이 자네의 역할이었어. 사람들은 자네에게 우편물은 목숨보다 소중한 것이라 말했었지. 무척이나 연약한 존재이기도 했어. 자칫 잘못하면 화염에 휩싸일 수도 있고, 바람에 뒤덮일 수도 있으니까. 자네에게 잔뜩 기합이 들어가 있던 그날 밤이 떠오른다네.

"그렇게 하고 난 다음엔?"

"페니스콜라 해변에 도달해야 할 거야. 그곳에서는 낚싯배들을 조심하게."

"그 다음에는?"

"그 다음에는 발렌시아까지 가는 동안 비상착륙장들이 보일 거야. 내가 여기에다 빨간색으로 표시를 해 주지. 부득이한 경우에는 물이 말라 버린 하천에 착륙하게."

이 녹색 램프 아래에 펼쳐진 지도를 들여다보자 자네는 마치 중학교 시절로 되돌아간 기분이었지. 그러나 오늘 밤 선생은 대지의 각 지점을 가리키며 생생한 비밀들을 들추어내고 있었으니 말이야. 어디쯤 큰 나무가 있으니 이것만 조심하라는 설명과 함께, 꽃이 핀 들판이 다가왔고, 땅거미가 내려앉으면 어부들을 조심하라는 설명과 함께 모래가 깔린 실제 해변이 머릿속에 그려졌었지.

자네는 이미 알고 있었다네, 자크 베르니스. 그라나다나 알메리아, 아람브라도 이슬람 사원이니 하는 것에 대해선 잘 모를 테지만, 그저 어느 시냇물, 어느 오렌지나무 등이 지닌 소박한 비밀만은 알게 될 것이라는 사실을 말이야.

"내 말을 잘 듣게. 날씨가 좋으면 곧장 가는 거야. 하지만 날씨가 좋지 않아 저공비행을 하게 되면, 왼쪽으로 돌아서 이 계곡을 따라 가게."

"이 계곡으로 들어가야 한다는 거네."

"바다를 만난 뒤에는 이 언덕을 따라가도록 해. 그리고 엔진이 부딪히지 않도록 신경을 쓰게. 깎아지는 절벽과 튀어나온 바위투성이니까."

"만약 엔진이 말을 듣지 않으면?"

"요령껏 빠져나오게."

베르니스는 미소 지었다. 젊은 조종사들은 상상력이 풍부한

법이다. 투석기로 쏜 듯 바위 하나가 날아와 그의 숨통을 끊어 놓을 수도 있다고 생각한다. 하지만 어린아이가 뛰어나올 때에는 한 손으로 아이의 정면을 가로막아 아이를 멈춰 세워 넘어뜨릴 수도 있다.

"여보게, 사람들은 요령껏 빠져나온다고."

베르니스는 이 가르침에 대해 자부심을 느꼈다. 그가 어린 시절에 읽었던 《아이네이아스》로마 최대의 시인 베르길리우스의 장편 서사시에서는 죽음에 이르렀을 때 살아남을 수 있는 비결을 단 한가지도 알려 주지 못했다. 에스파냐 지도를 짚어가며 설명하던 선생님의 손가락도 지하 수맥을 찾아내는 손가락은 아니어서 보물도, 함정도, 하다못해 목장을 지키는 양치기 소녀조차도 가르쳐 주지는 못했다.

기름 빛이 흘러나오던 램프는 오늘 은은한 빛을 발했다. 그 부드러운 황금빛 기름 어항은 바다를 잠재우는 힘이 있었다. 밖에서는 바람이 불고 있었고, 이 방은 세상의 한가운데 떠 있으면서 선원들이 묵어가는 외딴 섬 같았다.

"포트와인 한 잔?"

"좋아!"

조종사의 방은 언제라도 떠날 수 있는 여인숙 같았고, 자네는 다시 보금자리를 마련해야 할 때가 많았지. 회사에서는 우리에게 바로 전날 밤이 되어서야 통보하곤 했으니까. "조종사 아무개는 세네갈로, 아무개 조종사는 미국으로 전근을 명함……." 바로 그날 밤으로 관계의 매듭을 풀고, 상자에 못질을 하고, 자신의 사진과 책은 물론 그는 유령보다 흔적 없이 정리한 방을 뒤에 남겨 놓았다. 때로는 그날 밤 자기에게 매달리는 팔들을 풀어내야 했고, 어린 딸을 설득시키는 대신 진을 빼놓아야 했다. 온 힘을 다해 고집을 부리다 기운이 빠져서 그와 헤어진다는 자신의 아이를 새벽 3시 즈음 자리에 눕히며 그는 생각한다. '우는 걸 보니 이제 아이가 받아들이는구나.'

자네는 세상을 돌아다니다가 무엇을 배웠니, 자크 베르니스? 비행기? 비행 조종사는 단단한 수정 속에 자신의 구멍을 파며 서서히 전진해야 한다. 도시들이 서서히 하나하나 대체된다. 그곳에서 형체를 갖추려면 착륙해야 한다. 풍요로움이 제공되다가 소멸되고, 바다에 의해 씻기듯 시간에 의해 사라진다는 사실을 이제 자네는 알고 있다. 첫 비행에서 돌아올 때 자네는 어떤 사람이 되어 있을 거라고 생각했나? 대체 왜 어렸을 적 그 여린 아이의 환영幻影과 대조시키려는 욕구가 생겼니? 첫 휴가 때부터 자네는 우리가 다녔던 중학교로 나를 데려갔다. 베르니스, 나는 사하라에서 네가 지나가기를 기다리다 보면, 우리의 어린 시절 일을 애수에 젖어 회상한단다.

소나무 사이의 하얀 건물, 창 하나에 불이 켜지더니 다른 창에도 불이 켜졌다. 네가 나에게 말했지.

"우리가 처음으로 시를 쓰던 자습실이야……."

우리는 아주 먼 곳 출신이었다. 우리의 무거운 외투는 세상을 누볐고, 떠돌아다니는 우리의 영혼은 우리 자신의 중심에서 깨어 있었다. 우리는 입을 굳게 다물고, 장갑을 껴서 손을 잘 보호한 채, 미지의 도시들에 접근했다. 군중이 우리에게로 쏟아지는 듯했으나 부딪치지는 않았다. 길들여진 도시에서는 하얀 플란넬 천 바지와 테니스 셔츠를 입으려고 우리는 그것들을 미리 마련해 두었다. 카사블랑카를 위해, 다카르를 위해……. 우리는 탕헤르에서는 머리에 아무것도 쓰지 않고 걸어 다녔다. 잠들어 있던 그 작은 도시에서는 갑옷이 필요 없었다.

우리는 남성다운 근육에 의지하며 돌아왔다. 우리는 싸웠고, 고통받았고, 끝없이 펼쳐진 땅들을 통과했고, 몇몇 여인들을 사랑했으며, 때로는 죽음을 놓고 동전 던지기를 하기도 했다. 우리의 어린 시절을 지배했던 두려움, 그저 벌받는 것과 방과 후에 남게 되는 두려움에서 벗어나기 위해, 토요일 저녁 점수들을 불러 줄 때 끄떡없이 버텨 내기 위해…….

현관 입구에서 속삭이는 소리가 들리더니, 이어서 누군가를 불러 대는 소리, 그리고 노인네들이 허둥대는 소리가 들렸다. 램프의 황금색 빛에 물들어 양피지 같은 뺨, 그러나 너무 맑아서 쾌활하고 매력적인 눈, 그들은 그런 모습으로 우리에게 왔다. 우리는 당장 깨달았다. 우리가 달라졌다는 것을 그들이 이미 알고 있다는 사실을. 졸업생들은 과거지사에 대해 앙갚음을 하듯 딱딱한 걸음으로 찾아오는 버릇이 있으니까.

그들은 나의 튼튼한 손목에도 놀라지 않았고, 자크 베르니스의 곧은 시선에도 놀라지 않았다. 왜냐하면 그들이 우리에게 결코 말한 적 없던 오래된 사모스 와인 병 하나를 가져오려고 달려간 사실로 보아 대번에 우리를 어른으로 대우했음이 틀림없다.

우리는 저녁 식사를 하려고 식탁에 앉았다. 그들은 불 가에 둘러앉은 농민들처럼 등갓 아래 촘촘히 있었다. 우리는 그들이 연약하다는 사실을 알게 되었다.

그들은 연약했다. 그들이 관대해졌기 때문이다. 우리를 악덕과 빈곤으로 이끌었을 예전의 게으름을 그들은 이제 아이다운 결점으로만 볼 뿐이며, 그 점에 대해 미소를 지었기 때문이다.

예전에는 우리가 자신의 교만을 스스로 무찌르도록 이끌기 위해 그토록 열성을 다하던 그들이 그날 저녁에는 바로 그 교만에 비위를 맞추며 고상하다고 말했기 때문이다. 우리는 심지어 철학 선생님의 속마음까지 알게 되었다.

철학 선생님은 데카르트가 다른 사람의 학문에서 논점을 선취해 자신의 철학 체계를 세웠는지도 모른다고 말했다. 파스칼…… 파스칼에 대해서는 혹독하다는 말을 했다. 그 또한 그토록 노력했음에도 인간의 자유에 관한 해묵은 문제를 해결하지도 못하고 삶을 마쳤다는 것이다. 결정론이나 테느의 이론에 맞서며 우리가 그런 이론에 빠지지 않도록 애를 쓰시던 선생님, 중학교를 졸업하는 아이들에게는 평생토록 니체보다 더 잔혹한 적敵은 없다고 생각하셨던 선생님, 그는 죄책감이 섞인 애정을 품었었다고 고백했다. 니체…… 니체 또한 그를 혼란시켰다. 그리고 질료의 실재도…… 선생님은 그 이상 알지 못해서 불안했는데…… 그때 그들이 우리에게 질문을 해 댔다. 우리는 포근한 집에서 나와 인생의 거센 폭풍 속으로 들어갔으니, 이 땅의 날씨가 정말로 어떤지 그분들에게 얘기해 줘야 했다. 한 여인을 사랑하는 남자가 진정으로 피로스처럼 그녀의 노예가 된다거나 네로처럼 그녀의 형리가 되는지…… 아프리카와 그 땅의 황량함과 푸른 하늘이 지리 선생님이 가르쳐 준 대로 정말로 그러한지……. (그리고 타조들이 자기를 보호한답시고 눈을 감아 버리는지?) 자크 베르니스가 머리를 약간 숙였다. 그런 것들에 관해 굉장한 비밀들을 알고 있었으니까. 그런데 선생님들이 그 비밀들을 가로챘던 것이다.

선생님들은 베르니스로부터 활동의 도취감, 요란한 엔진 소리 등을 알고 싶어 했고, 행복해지려면 그들처럼 저녁마다 장미 나뭇가지를 잘라 주는 것만으로는 충분하지 않다는 사실도 알고 싶어 했다. 이번에는 베르니스가 루크레티우스나 전도서를 설명하고 조언할 차례고 그도 또 때마침 알려 주게 되었다. 사막에서 고장을 일으켜서 헤매게 될 경우를 대비하여 죽지 않고 살아남기 위해 식량과 물을 가져가야 한다는 사실을……. 그리고는 서둘러서 마지막 충고를 건네주었다. 조종사를 무어인으로부터 구하는 비결, 조종사를 불에서 구하는 반사적 행동들……. 그러자 선생님들은 고개를 끄덕였다. 여전히 염려도 하지만 반쯤 안심하면서, 그 새로운 힘을 세계 각처에 풀어 놓은 것에 대해 자랑스러워했다. 오래 전부터 내내 찬양하던 영웅들을 마침내 직접 만나 만져 보기도 하며 근황도 알게 되었으니 이제 죽어도 여한이 없다고 선생님들은 말했다. 그들은 율리우스 카이사르의 어렸을 적 이야기를 들려주었다.

하지만 선생님들이 우리 때문에 우울하게 될까 봐 염려되어 우리는 쓸데없는 활동 뒤의 실망감과 씁쓸한 휴식에 관해서 얘기했다. 그러자 가장 연로한 선생님이 몽상에 잠기시기에 우리는 마음이 아파져서, 유일한 진실은 아마도 책들이 주는 평안일 거라고 말했다. 하지만 선생님들은 그것을 이미 알고 있었다. 인간을 상대로 가르치고 있는 만큼 그 점을 혹독하게 경험했으니까.

"그런데 왜 고향으로 돌아온 건가?" 베르니스는 대답하지 않았지만, 나이든 선생님들은 인간의 마음을 잘 알고 있었으므로, 눈을 찡긋하면서 사랑 때문이라고 생각했다.

4

저 위에서 보면 대지는 헐벗고 죽은 듯 보인다. 비행기가 하강하면 대지는 옷을 입는다. 숲들이 다시 대지를 누벼 입히고, 계곡과 언덕이 땅에 파도처럼 넘실거린다. 대지가 숨을 쉰다. 비행하며 지나는 산은 누워 있는 거인의 가슴처럼 거의 그가 있는 높이까지 부풀어 오른다.

이제 가까워진 사물의 흐름은 다리 밑의 급류처럼 가속화된다. 하나로 연합되었던 세계의 와해이다. 나무들, 집들, 마을들이 매끈한 지평선으로부터 분리되어, 흐르는 대로 뒤로 밀려간다.

알리칸테의 땅이 솟아오르고 요동치다가 자리를 잡고, 바퀴들이 그 땅을 스치다가 압연기에 갖다 대듯 가까워지고, 거기서 날카로워지더니…….

베르니스는 무거운 다리를 이끌고 기체에서 내린다. 잠시 눈을 감는다. 머리는 아직도 모터 소리와 강렬한 이미지들로 가득하고, 팔다리에는 아직도 비행기의 진동이 실린 것만 같다. 그는 사무실로 들어가 천천히 앉아서 팔꿈치로 잉크병, 책 몇 권을 밀쳐 놓고는 612호기 항로의 비행수첩을 자기에게로 끌어당긴다.

'툴루즈-알리칸테: 5시간 15분 비행.'

그는 일을 중단하고 피로와 꿈에 몸을 맡긴다. 어렴풋이 소리가 들린다. 어디선가 한 아낙네가 소리를 지른다. 포드 자동차의 운전사가 문을 열고 사과하더니 미소를 짓는다. 베르니스는 그곳의 벽들, 문, 운전사를 심각하게 바라본다. 그는 10분 동안 자기가 이해 못 하는 토론에 끼어 있었고, 사람들의 동작 하나하나와 연루돼 있다. 그 모습은 비현실적이다. 그렇지만 문 앞에 심겨진 나무는 30년 전부터 있던 나무다. 30년 전부터 눈에 띄던 이미지.

'엔진. 아무 이상 없음.'

'비행기. 오른쪽으로 기울어짐.'

그는 펜대를 내려놓고, 그저 '졸리다'고 생각한다. 그의 관자놀이를 죄는 꿈이 아직도 강한 인상으로 남아 있다.

너무도 환한 풍경에 감돌고 있는 호박색 빛. 갈퀴로 잘 긁어놓은 밭과 초원. 오른쪽에 자리한 마을, 왼쪽에는 조촐한 양떼, 그 위를 덮은 궁륭 같은 푸른 하늘. '하나의 집'이라고 베르니스는 생각한다. 그 풍경, 그 하늘, 그 땅이 하나의 거처처럼 지어졌다고 확실하게 느꼈던 일이 문득 떠오른다. 잘 정돈된 익숙한 거처. 너무 수직적인 사물들. 그 일치된 이미지 속에는 아무런 위협이나 균열이 없다. 그는 그 풍경의 내부에 있는 것만 같았다.

그래서 나이 든 부인들은 자기네 거실 창가에서 자신을 영원하다고 느낀다. 잔디는 싱그럽고, 느릿한 정원사가 꽃에 물을 주고 있다. 그녀들은 그의 든든한 등을 눈으로 좇고 있다. 반짝거리는 마루판으로부터 왁스 냄새가 올라와서 그녀들을 홀린다. 집 안의 질서는 부드럽다. 바람이 불고 태양이 쨍쨍 내리쬐더니 소나기가 와서 장미 몇 송이만 지치게 하다가 낮이 다 지나갔다.

"시간이 됐네. 안녕." 베르니스가 다시 출발한다.

베르니스는 폭풍우 속으로 들어간다. 폭풍우가 파괴자의 곡괭이질처럼 비행기 위에서 악착을 떤다. 폭풍우는 이전에도 여러 차례 겪었고, 이번에도 잘 지나갈 것이다. 베르니스는 꼭 필요한 생각들 외에는 아무 생각도 하지 않는다. 행동을 이끄는 생각만 한다. 하강하는 돌풍이 비행기를 몰고 가는 산과, 휘몰아치는 비가 너무 억수 같아서 깜깜해진 산의 원곡圓谷으로부터 빠져나와야 한다는 생각, 그 벽을 뛰어넘어야 한다는 생각, 바다로 가야 한다는 생각.

쾅! 뭐가 끊어졌나? 비행기가 갑자기 왼쪽으로 기울어진다. 베르니스는 한 손으로, 이어서 두 손으로, 그 다음에는 온 몸으로 비행기를 붙든다. "맙소사!" 비행기가 이번에는 땅을 향해 털썩 하강한다. 아, 망했다, 베르니스. 일 초만 더 지나면, 그는 그 요동치는 집, 이제 겨우 이해한 그 집으로부터 영원히 내쳐질 것이다. 평원, 숲, 마을들이 나선형으로 그를 향해 솟구칠 것이다. 아른아른하는 연기, 소용돌이치는 연기, 연기! 하늘 곳곳에서 곤두박질치는 양 우리⋯⋯.

'아! 정말 무서웠어⋯⋯.' 발뒤꿈치로 툭 치자 케이블 하나가 풀린다. 조종 케이블이 끼어 있었던 거다. 뭐! 일부러 고장 낸 거야? 아니다. 별거 아니다. 발뒤꿈치로 한 번 치니까 세계가 재건되었다. 웬 난리였는지!

난리였다고? 그 잠깐으로부터 남은 거라곤 입안의 쓴맛과 육신의 신산함. 아니! 언뜻 본 그 갈라진 틈! 모든 것이 그저 눈속임에 불과하다니! 도로, 운하, 집들, 인간의 장난감들⋯⋯.

지나갔다. 끝났다. 여기는 하늘이 맑다. 일기 예보가 그렇게 예측했었다. "하늘의 4분의 1 정도에 새털구름이 끼고⋯⋯." 일기 예보? 등압선? 뵈르센 교수의 '구름분류체계'? 민중 축제를 벌이는 하늘, 그렇다. 7월 14일*의 하늘. "말라가에는 축제날입니다!"라고 말했어야 하리라. 주민마다 자기 머리 위에 1만 미터에 달하는 하늘을 소유하고 있다. 새털구름까지 이르는 하늘. 수족관도 결코 그렇게 번쩍이고 광활하지 않았다. 그래서 그만에서는 요트 경기가 벌어지는 날 저녁이면 하늘도 파랗고,

---

* 프랑스 대혁명을 기념하는 국경일.

바다도 파랗고, 옷깃도 파랗고, 선장의 눈도 파랗다. 반짝이는 휴가.

끝났다. 3만 통의 편지가 통과했다.

회사는 강조했다. 소중한 우편물, 목숨보다 소중한 우편물이라고. 3만 명의 연인들을 살게 해 주는……. 조금만 기다리시라, 연인들이여! 우리가 밤의 불빛을 받으며 당신들에게 도착할 테니. 베르니스 뒤에는 큰 통 속에서 돌풍에 의해 혼합된 것 같은 두터운 구름. 그의 앞에는 햇빛을 두른 대지. 환한 천처럼 밝은 초원, 모직 천처럼 두툼한 숲, 베일처럼 주름진 바다.

지브롤터의 고지를 지날 때는 밤일 것이다. 그때 탕헤르를 향해 왼쪽으로 선회하면, 되는 대로 떠다니는 거대한 얼음덩어리 같은 유럽으로부터 떨어져 나오게 된다.

갈색 땅으로 먹고 사는 몇몇 도시를 지나고 나면 아프리카. 검은 반죽으로 먹고 사는 몇몇 도시를 지나고 나면 사하라 사막. 베르니스는 그날 저녁, 대지가 옷을 벗는 모습을 목격하게 되리라.

베르니스는 지쳐 있다. 두 달 전 그는 주느비에브를 정복하러 파리로 올라갔다. 그러고는 패배 속에서 정리를 하고 어제 회사로 돌아왔다. 평원들, 도시들, 빛들이 가 버리지만, 그것들을 차 버리는 건 바로 그이다. 그것들을 그가 벗어던지니까.

한 시간 뒤면 탕헤르의 등대가 반짝거릴 것이다. 자크 베르니

스는 탕헤르의 등대가 나타날 때까지 회상할 것이다.

제2부

COURRIER SUD

1

나는 시간을 되돌려서 지나간 두 달을 얘기해야만 한다. 안 그러면 그 두 달에서 무엇이 남겠는가? 내가 이제 얘기하게 될 사건이 지워 버린 인물로 인해 일고 있는 미세한 소용돌이와 동심원의 파동이 마치 호수의 갇힌 물처럼 서서히 멈추게 될 때, 그리고 가슴을 에는 것 같은 감정에 이어 내가 그들 덕분에 느끼는 부드러운 감정 등이 무뎌지게 될 때, 세상은 내게 다시 안전해 보일 것이다. 나로서는 주느비에브와 베르니스의 추억 이 잔인하게 떠오를 그런 곳에서, 벌써 아쉬움도 느끼지 않으며 산책할 수는 없지 않은가?

$$\cdot\ \cdot\ \cdot\ \cdot\ \cdot$$

그는 두 달 전에 파리로 올라갔지만, 오랜만에 파리에 가서 그
런지 자신의 자리를 되찾지 못한다. 혼잡스럽게만 할 뿐. 그는
이제 방향제 냄새를 풍기는 재킷을 입은 자크 베르니스일 뿐이
었다. 그는 둔한 몸으로 어설프게 움직였고, 자기 방 한 구석에
너무도 가지런히 놓여 있는 여행 가방에서 무엇인가를 찾으려
들었다. 그 가방들이 드러내는 불안정하고 임시적인 모든 것을.
그 방에는 아직 하얀 테이블보도 책도 들어와 있지 않았다.

"여보세요……. 자넨가?" 그는 우정을 나눌 친구가 얼마나
남아 있는지 조사해 본다. 탄성을 지르는 이들도 있고 축하를
하는 이들도 있다.

"정말 오랜만이네! 브라보!"

"그러게 말이야! 우리 언제 볼까?"

오늘은 마침 시간이 없단다. 내일은? 내일은 골프를 치러 가
는데, 그에게도 오라고 한다. 그가 원치 않는다고? 그럼 모레.
저녁 식사. 8시 정각에.

그는 무거운 발걸음으로 댄스홀로 들어가서, 젊은 바람둥이들 사이에서 자기 외투를 마치 탐험가의 옷인 양 그대로 입고 있다. 그들은 밤에는 수족관의 모래무지처럼 그 울타리 안에서 살고, 연가를 틀어 놓고 춤을 추다가 술을 마시러 자리로 온다. 베르니스는 그 뿌연 환경에서 유일하게 정신이 멀쩡한 탓에 하역 인부처럼 무겁다고 느껴서인지 꼿꼿이 다리를 편다. 머릿속은 뿌옇지 않았다. 그는 테이블 사이로 빈자리를 향해 전진한다. 그가 눈길로 건드리는 여인들의 눈빛은 그를 회피하고 꺼져 버리는 것만 같다. 젊은이들은 그가 지나가도록 유연하게 비켜난다. 밤에 순찰 장교가 지나갈 때마다 보초들이 손가락에서 담배를 떨어뜨리는 것처럼…….

그 세계를 우리는 매번 되찾곤 했다. 마치 브르타뉴 지방 선원이 집에 돌아올 때면 우편엽서에 나오는 그들의 마을과, 거의 늙지도 않고 너무도 절개 있는 약혼녀를 다시 보게 되는 것처럼. 모든 것이 너무나 제자리에 있고, 운명에 의해 너무나 잘 조절된 것을 알게 되면 우리는 뭔가 알 수 없는 것이 두려워지곤 했다. 베르니스는 한 친구에 대해 물어보았다. "아무렴. 그래, 그 친구. 사업은 별로 잘 안 되고 있어. 음, 너도 알잖아…….

사는 게 다 그렇지 뭐." 알 수 없는 걸림돌 때문에 모두가 한계에 부딪쳐서 자신 안에 갇혀 있었다. 도망이나 다니고, 가난하며, 마법사처럼 사는 그와는 달랐던 것이다.

두 해 겨울과 여름을 보내면서 쇠약해지지도 날씬해지지도 않은 친구들의 얼굴. 그 술집 한 구석에 있는 여인, 그가 그녀를 알아보았다. 너무 많은 미소를 지어 보여서 약간 피로해진 얼굴. 바텐더도 그대로다. 베르니스는 바텐더가 자기를 알아볼까 봐 두려웠다. 바텐더의 목소리가 그를 취조하면서 그에게서 죽은 베르니스, 날개 없는 베르니스, 탈주해 버리지 않았던 베르니스를 부활시킬 것만 같아서……

돌아오는 동안 서서히 한 풍경이 그의 주위로 마치 감옥처럼 구축되고 있었다. 사하라의 모래, 에스파냐의 암석들은 곧 나타날 진짜 풍경으로부터 서서히 물러났다. 마치 연극 의상들이 하나하나 벗겨지듯이. 마침내 국경을 넘자마자 평원이 페르피냥 시市를 내놓는다. 아직도 태양이 늦장을 부리며 남아 있는 평원. 햇빛이 비스듬히 길어지고, 매순간 더 닳아 해진 그 황금빛 의상은 풀밭 여기저기서 매순간 더 약해지고 더 투명해지면서 꺼지지는 않고 증발해 버린다. 그때 파란 하늘 아래로는 어둡고 부드러운 초록색 진흙. 그 조용한 바다. 엔진을 저속으로

하고 그 바다 밑바닥을 향해 빠지듯 내려간다. 그 바다에서는 모든 것이 쉬고, 모든 것이 벽처럼 명료하고 지속적이다.

공항으로부터 역까지 가는 자동차 여정. 그의 얼굴 맞은편에 닫히고 굳어진 얼굴들. 운명이 새겨져 있는 그토록 무거운 손들이 무릎 위에 펴 놓여 있다. 밭에서 돌아오다가 나와 스치는 농부들. 숱한 기대를 포기했었고 숱한 남자들 가운데 어느 한 남자를 살피며 문 앞에 있던 아가씨. 아이를 어르고 있고 이미 그 아이에게 붙잡혀 도망갈 수 없던 어머니.

사태가 어떻게 돌아가는지 직접 목격한 베르니스는 정기 항로 조종사답게 여행 가방 없이 손을 호주머니에 찔러 넣은 채, 가장 친밀한 오솔길을 통해 고향으로 돌아오고 있었다. 담 하나를 건드리거나 밭을 늘리려면 20년간의 소송이 필요했던 확고부동한 세계로.

아프리카, 바다 수면처럼 끊임없이 움직이고 항상 변하지만 하나하나 빼돌려져서 헐벗게 된 그 아프리카의 오랜 풍경, 그 유일한 풍경, 그 영원한 풍경 속에서 2년을 보내고 빠져나와, 슬픈 대천사 같은 그는 진짜 바닥에 발을 디뎠다.

"완전히 그대로네……."

그는 사정이 달라져 있을까 봐 두려웠는데, 이제는 너무 비

43

숫해서 괴로웠다. 만남과 우정에서도 막연한 지겨움 말고는 더는 기대할 게 없었다. 멀리서는 이런저런 상상을 하게 된다. 떠날 때는 애정을 남기고 가면서 마음이 아프기도 하지만, 땅에 보물을 묻어 놓고 가는 것 같은 이상한 감정도 느낀다. 때로는 그렇게 도망치는 것이 인색한 사랑임을 반증해 주기도 한다. 별이 가득한 사하라에서 어느 날 밤, 그는 멀리 있는 따뜻한 애정, 밤으로 감싸이고 씨앗처럼 시간으로 감싸인 애정을 꿈꾸고 있던 차에 갑작스럽게 이상한 감정이 들었다. 잠자는 모습을 보기 위해 좀 뒤로 물러나는 것 같은 느낌이었다. 구부러진 지평선, 사막의 곡선을 앞에 두고, 그는 고장 난 비행기에 기대어 양치기처럼 자신의 사랑을 지키고 있었는데…….

"그런데 돌아와 보니 이렇구나!"

어느 날 베르니스가 내게 이런 편지를 보냈다.

"……. 나는 내가 돌아온 것에 대해 얘기하는 게 아냐. 내게 자연스럽게 감정이 일 때면 나는 상황을 통제할 수 있다고 생각해. 하지만 그 어떤 감정도 일어나지 않았어. 나는 예루살렘에 1분이나 늦게 도착하는 순례자나 마찬가지였어. 그

순례자의 욕구, 그의 신앙이 막 죽어 버렸지. 그는 거기서 그저 돌들을 발견할 뿐이야. 여기 이 도시는 그냥 하나의 담이야. 나는 다시 떠나고 싶어. 그 첫 번째 출발을 기억하니? 우리가 함께 출발했잖아. 무르시아, 그라나다가 진열창 속 골동품처럼 누워 있었지. 왜냐하면 우리는 착륙하지 않았으니까, 그 도시들은 과거에 매몰되어 있었던 거야. 그 도시들은 세기들이 뒤로 물러나면서 거기에 기탁한 것들이야. 엔진이 저 혼자서만 소리를 내듯 강렬한 소음을 냈고, 그 소음 뒤로 풍경이 영화처럼 조용히 지나갔지. 그리고 우리는 높이 날고 있어서 추웠어. 얼음 속에 갇힌 도시들. 너 기억나니?

나는 네가 건네는 종이쪽지들을 간직해 두었어.

'이 이상한 덜컹거리는 소리를 잘 살피고 있어야 해……. 그 소리가 커지면 해협으로 들어가지 마.'

두 시간 뒤, 지브롤터 해협에서는 '횡단하려면 타리파 지방이 나올 때까지 기다려. 그게 더 나아.'라는 쪽지.

탕헤르에서는 "너무 오래 머무르지 마. 땅이 물러."

간단하게. 그 문장들로 우리는 세계를 얻는 거야. 나는 그 짧은 지시가 그토록 강하게 만드는 전략을 문득 깨달아. 탕헤르, 보잘 것 없는 그 작은 도시가 내 첫 번째 정복지였어. 너도 알다시피, 그것이 내가 처음으로 한 불법 침입이었으니까. 그래. 우선은 수직으로, 하지만 아주 멀리서. 그 다음에는 하강하는 동안 풀밭들, 꽃들, 집들이 피어났지. 나는 삼켜져 있던 도시를 환한 곳으로 데려왔고, 그 도시는 이제 살아 있게 된 거야. 그러다 갑자기 멋진 발견을 하게 됐지. 비행기 착륙장으로부터 5백 미터 떨어진 곳에서 밭갈이를 하고 있던 아랍인, 나는 그를 내게로 끌어당겨서 나의 척도에 맞는 사람을 만들었지. 그야말로 진정 내 노획물이거나 내 창조물이거나 내 장난감이었던 거야. 인질을 하나 잡아 두었으니, 이제 아프리카는 내게 속하는 거였어.

2분 뒤, 풀밭에 서 있던 나는 생명이 다시 시작하는 어느 별에 착륙한 듯 젊었어. 그 새로운 기후 속에서……. 그 토양에서, 그 하늘에서, 나는 어린 나무처럼 느껴졌지. 그리고 그 근사한 배고픔을 느끼며 여독을 푸는 기지개를 폈어. 나는 조종하는 동안 쌓였던 지루함을 풀어내기 위해 보폭을 넓혀 건들거리며 걸었고, 내 그림자를 밟게 되어 웃었지. 착륙한 거야. 그리고 그 봄! 툴루즈의 그 우중충한 비를 보고 난 뒤에 맞은 봄을 기억하니? 만물 사이로 순환하던 그토록 새롭던 공기. 여인들은 저마다 비밀을 하나씩 품고 있었지. 억양, 동작, 침

묵도 제각각 달랐어. 그리고 모든 여인이 탐스러웠지. 게다가
너도 알다시피, 내게는 조급함이 있잖아. 내가 막연히 예감은
하지만 깨닫지는 못하는 그 어떤 것을 더 멀리서 찾아보려고
서둘러 떠나려 하는 조급함. 왜냐하면 나는 개암나무를 흔들
어 보면서 보물이 있는 곳까지 세계를 떠돌아다니는 수맥 탐
험가였으니까.

그런데 내가 찾는 것이 무엇인지, 왜 내가 친구들, 내 욕망, 내
추억의 도시에서 창문에 기대어 절망하는 건지 얘기해 주련?
나는 왜 처음으로 샘을 발견하지 못하고, 보물로부터 그토록
멀리 떨어져 있다고 느끼는 걸까? 사람들이 내게 한 그 모호
한 약속, 어느 모호한 신이 지키지 않고 있는 그 약속은 대체
뭘까?

· · · · ·

나는 샘을 다시 찾아냈어. 기억나니? 주느비에브…….

· · · · ·

47

베르니스가 쓴 '주느비에브'라는 이름을 읽으면서 나는 눈을 감았다. 그랬더니 당신의 소녀 시절 모습이 떠올랐다. 우리가 열세 살이었을 때, 당신은 열다섯. 우리의 추억 속에서 당신이 어찌 늙을 수 있겠는가? 당신은 연약한 아이로 남아 있었고, 우리가 살아가는 동안 누군가의 입을 통해 당신 얘기를 듣거나, 우리가 어쩌다 무의식 중에 당신에 관한 말을 꺼내게 될 때면, 바로 그 어린 주느비에브를 얘기하고 만다.

다른 이들이 이미 성숙한 여인을 제단 앞으로 떠미는 동안, 베르니스와 내가 아프리카 깊숙한 데서 약혼한 여인은 바로 그 소녀였다. 당신은 열다섯 살 소녀로 남아 있으니, 어머니들 중 가장 어린 어머니였다. 드러난 정강이가 나뭇가지에 긁힐 나이에, 당신은 그 대단한 장난감인 진짜 요람을 요구했다. 당신의 비범함을 짐작하지 못하고 있는 주위 사람들에 둘러싸여 당신은 삶 속에서 여인다운 겸손한 몸짓을 했으며, 우리를 위해 동화처럼 살아 주었고, 마법의 문을 통해 세상으로 들어왔다. 마치 가장무도회, 어린이 무도회에서처럼 아내로, 어머니로, 요정으로 위장하여……

왜냐하면 당신은 요정이었으니까. 나는 기억한다. 당신은 무거운 벽들을 이고 있는 오래된 집에 살고 있었다. 총안 모양으로 뚫려 있는 창에서 당신이 팔꿈치를 괴고 달을 살피던 모습이 떠오른다. 달이 떠오르고 있었다. 평원이 살랑거리기 시작하면서 매미 날개에서는 따르륵 소리가 났고, 개구리 배에서는 방울 소리가 났으며, 돌아오는 소들의 목에서는 종소리가 울렸다. 달이 올라가고 있었다. 때때로 마을에서는 조종 소리가 저 높이 울리면서 귀뚜라미들에게, 밀들에게, 매미들에게 설명할 길 없는 죽음을 전했다. 그러면 당신은 그저 약혼자들만 염려하며 몸을 앞으로 기울였다. 희망만큼 위협받고 있는 것은 없으니까. 달은 여전히 올라가고 있었다. 그 시각 올빼미들이 사랑을 위해 서로 불러 대는 바람에 조종 소리가 묻혀 버렸다. 떠돌아다니는 개들이 달을 포위하듯 둥그렇게 모여 짖어 댔다. 나무, 풀, 갈대 하나하나가 다 살아 있었다. 그리고 달은 올라가고 있었다.

그때 당신은 우리의 손을 잡더니 들어 보라고 했다. 대지의 소리이며, 우리를 안심시키는 소리였고, 좋은 것이기 때문이었다.

당신은 그 집 덕분에, 그 집 주위를 둘러싸는 대지의 살아 있는 옷 덕분에 보호를 받고 있었다. 당신은 보리수나무, 떡갈나무, 양 떼들과 그토록 많은 협약을 맺었다. 우리는 당신을 그들

의 여왕이라고 불렀다. 저녁에 사람들이 밤을 위해 세상을 정
돈할 때면 당신의 얼굴은 서서히 평화로워졌다. "농부가 가축
들을 축사畜舍에 들여보냈구나." 축사들의 먼빛을 바라보면서
당신은 그것을 읽어 냈다. "수문을 닫습니다."라는 소리가 어렴
풋이 들렸다. 모든 것이 다 정돈되었다. 이윽고 저녁 7시 급행
열차가 요란한 소리를 내며 그 지방을 지나갔다. 그 기차는 침
대 차량의 창문에 비친 얼굴처럼 불안하고 유동적이며 불확실
한 것을 당신의 세계에서 다 치워 버리며 탈주했다. 그러고 나
면 조명이 어둠침침한 넓다란 식당에서 저녁 식사를 했고, 거
기서 너는 밤의 여왕이 되었다. 왜냐하면 우리는 첩자처럼 너
를 끊임없이 감시했으니까. 너는 그 나무 가구들 한가운데서,
몸을 앞으로 기울인 채, 갓등들의 황금빛 테두리 안에서는 네
머리카락만 보이게 하고서, 늙은 사람들 틈에 조용히 앉아 있
었다. 빛으로 된 왕관을 쓰고 너는 군림하고 있었던 거다. 너는
사물과 그토록 긴밀히 연결돼 있고, 사물과 네 생각들과 네 미
래에 대해 그토록 확신에 차 있어서 우리에게 영원해 보였다.
너는 군림하고 있었는데…….

　하지만 우리는 너를 아프게 할 수 있을지, 숨 막힐 정도로 꽉
껴안을 수 있을지 알고 싶었다. 왜냐하면 우리는 네 안에 어떤

인간적인 면이 있음을 느꼈고, 그것을 우리가 환한 데로 끌어내고 싶었기 때문이다. 우리가 눈앞으로 끌어내고 싶었던 애정, 비탄……. 그래서 베르니스가 너를 품에 안았고 그러면 너는 얼굴을 붉혔다. 그러자 베르니스는 너를 더 꽉 안았고, 네 눈은 눈물로 반짝였지만, 그렇다고 네 입술이 늙은 여인들이 울 때처럼 추해지지는 않았다. 베르니스는 내게 말했다. 그 눈물은 갑작스레 마음이 차올라서 그런 것이며, 다이아몬드보다 더 귀하고, 그 눈물을 마시는 자는 불멸할 것이라고. 그는 또, 요정이 물속에 사는 것처럼, 너도 네 몸속에 살고 있다고 말했다. 그는 너를 수면으로 데려오기 위한 마법을 숱하게 알고 있으며, 그중에서 가장 확실한 방법은 너를 울게 만드는 것이라고도 했다. 그렇게 해서 우리는 네게서 사랑을 훔쳤다. 하지만 우리가 너를 풀어 줄 때 너는 웃었고, 그 웃음이 우리를 당황케 했다. 그렇게, 느슨하게 잡고 있으면 새는 날아가 버리는 거다.

"주느비에브, 우리에게 시 구절을 읽어 줘."

너는 책을 별로 읽지 않았고, 우리는 네가 이미 많은 것을 알아서 그런 거라고 생각했다. 네가 놀라는 모습을 우리는 본 적이 없다.

"우리에게 시 구절을 읽어 줘……."

너는 읽었다. 우리를 위해서. 그것은 세상, 인생에 관한 가르침이었고, 시인으로부터가 아니라 네 지혜로부터 우리에게 오는 것이었다. 연인의 비탄과 왕녀의 눈물처럼 대단한 것들이 평온해졌다. 네 목소리 속에서는 연인들이 사랑으로 죽을 때도 그토록 고요할 것이다.

"주느비에브, 사랑 때문에 죽는다는 게 정말일까?"

너는 시를 중단하고 심각하게 생각해 보곤 했다. 너는 아마도 그 대답을 고사리들, 귀뚜라미들, 꿀벌들에게서 찾으려 했던 것 같고, 꿀벌들이 사랑 때문에 죽으므로 너는 "그렇다."고 대답했다. 그렇게 대답하는 것이 필연이었고 평화로웠다.

"주느비에브, 연인이란 뭐지?"

우리는 네가 얼굴이 붉어지기를 바랐다. 너는 그러지 않았다. 그냥 살짝 덜 가벼워진 기색을 띠며, 달빛으로 흔들리는 연못을 정면으로 바라보았다. 너에게 연인이란 그 빛이라고 우리는 생각했다.

"주느비에브, 네게 연인이 있니?"

이번에는 네가 얼굴을 붉힐 테지! 천만에. 너는 거북해하지 않으며 미소 지었다. 머리를 가로저었지. 너의 왕국에서는 한 계절이 꽃들을 데려오고, 가을이 과일들을 데려오고, 한 계절이 사랑을 데려온다. 삶이 단순하니까.

"주느비에브, 우리가 나중에 뭘 하게 될지 아니?" 우리는 네가 경탄하도록 만들고 싶었고, 너를 연약한 여인이라고 부르곤 했다. "연약한 여인이여, 우리는 정복자가 될 것이다." 우리는 네게 인생을 설명하곤 했다. 영광에 싸여 돌아와 사랑하는 여인을 애인으로 삼는 정복자들.

"그러면 우리는 너의 연인이 될 거야. 노예여, 우리에게 시를 읽어 주라……."

하지만 너는 더는 읽지 않았다. 너는 책을 밀쳐 놓았다. 갑자기 네 인생을 너무도 확실하게 느꼈던 거다. 어린 나무가 환한 낮에 자기가 성장하고 씨앗을 키우고 있다는 사실을 느끼는 것처럼……. 우리는 이야기 속 정복자들이었지만 너는 네 고사리류, 네 꿀벌들, 네 염소들, 네 별들에 기대었고, 네 개구리들의 목소리에 귀 기울였다. 또한 밤의 평화로움 속에 네 주위에서 올라가고 있는 그 모든 삶에서 너의 자신감을 끌어냈고, 네 안에서는 설명할 길이 없지만 그래도 확실한 그 운명을 위해 네 목덜미에서부터 발목까지 네 안에서 자신감을 끌어냈다.

달은 높이 떠 있었고 잘 시간이 되었으므로 너는 창문을 닫았고 달은 유리창 뒤에서 반짝였다. 그러면 우리는 네게 말했다. 네가 하늘을 창문처럼 닫았으므로 달과 한줌의 별들이 그 창에 붙잡혀 있는 거라고. 왜냐하면 우리는 모든 상징, 모든 함정을 통해 너를 겉모습 아래로 끌어내리려 했기 때문이다. 우리의 불안이 우리를 불러 대던 그 바다 깊은 곳으로…….

· · · · ·

……. 나는 샘을 되찾았다. 여행의 피로를 풀기 위해 내게 필요했던 것은 바로 그녀였다. 샘이 현재 있다. 다른 것들은……. 사랑 뒤에는 저 멀리 별들 속으로 내쳐져 버리는 여인들이 있다고 우리는 말하곤 한다. 그런 여인들은 그저 마음을 구축하는 수단일 뿐 아무것도 아니라고. 하지만 주느비에브는……. 너 기억나니. 우리는 말하곤 했다. 그녀 안에는 누군가 거하고 있다고……. 사람들이 사물의 의미를 되찾듯이 나는 그녀를 되찾았고, 마침내 내부가 발견되는 그 세계에서 그녀와 나란히 걷고 있다…….

그녀는 사물로부터 그 세계로 왔다. 숱한 이혼 뒤, 숱한 결혼을 위해, 그녀는 중매자 노릇을 했다. 그녀는 마로니에, 대로, 분

수를 그 세계에 돌려주었다. 각 사물은 자신의 영혼인 중심에 그 비밀을 지니고 있었다. 이제 그 공원은 어느 미국인을 위해서인 양 빗질되고 면도되고 헐벗어지지는 않았다. 거기서는 그저 가로수 길에서의 무질서, 낙엽들, 연인들의 발길이 남기고 간 잃어버린 손수건을 만나곤 했다. 그리고 그 공원은 하나의 함정이 되었다.

2

그녀는 자기 남편 에를랑에 대해 베르니스에게 말한 적이 결코 없었다. 그런데 오늘 저녁에는 "지루한 저녁 식사, 잔뜩 모인 사람들. 자크, 우리랑 함께 식사해요. 그러면 난 덜 외로울 거 같아요!"라고 했다.

에를랑이 이런저런 몸짓을 한다. 지나치게……. 그가 친밀한 관계 속에서는 내던져 버리게 될 저 확신에 찬 모습을 지금은 왜 저렇게 과시하는 걸까? 그녀는 염려스럽게 그를 바라본다. 그 남자는 자기가 꾸며 내는 인물을 전면에 내세운다. 허영 때문이 아니라 자신감을 갖기 위해서다. "이보게, 자네의 관찰은 아주 정확하네."라고 그가 상대방에게 말한다. 주느비에브가 역겨워하며 얼굴을 돌린다. 그 확신에 찬 몸짓, 그 어조, 허울뿐인 자신감!

"웨이터! 여기 여송연!"

그녀는 그가 그토록 활기차고 자기 권력에 취해 있는 모습을 본 적이 없었던 것 같다. 레스토랑에서도, 좌판에서도, 누군가 세상을 좌지우지한다. 어느 한마디가 한 관념을 건드려서 그 관념을 전복시킨다. 한마디가 종업원, 매니저를 건드려서 그들을 뒤흔들어 놓는다.

주느비에브가 살짝 미소 짓는다. 왜 이런 정치적인 저녁 식사를 하는 걸까? 6개월 전부터 왜 정치에 대한 욕망이 갑작스럽게 생긴 걸까? 에를랑으로서는 자기가 강하다고 믿고, 강력한 생각들이 자기를 통해 전달된다고 느끼는 것으로 충분했다. 그러면 그는 감탄하며 자신의 조각상에서 약간 떨어져 자신을 응시한다.

그녀는 그들이 놀이를 하도록 내버려 두고 베르니스에게 돌아온다.

"탕아여, 사막에 대해 얘기해 줘요……. 언제 우리에게 완전히 돌아올 건가요?"

베르니스가 그녀를 바라본다.

동화 속 미지의 여인처럼 그에게 미소 짓는 열다섯 살 여자아이가 간파된다. 자신을 숨기면서도 그런 몸짓으로 자신의 진짜 모습을 살짝 내비치는 여자애. 주느비에브, 나는 그 마법이 떠오른다. 당신을 품에 안고, 당신이 아파할 정도로 꽉 껴안아야 할 것이다. 환한 데로 다시 데려온 그녀는 곧 울어 버릴 텐데…….

남자들은 이제 주느비에브 쪽으로 웃옷의 가슴 부분을 기울이며 유혹자 노릇을 하고 있다. 마치 관념이나 이미지들로 여인을 얻기라도 하는 양, 마치 여인이 그런 대회의 상償이라도 되는 것처럼……. 그녀의 남편도 매력을 펼치면서 그날 밤 그녀를 욕망하리라. 그는 다른 남자들이 그녀를 욕망하는 모습을 보고 나서야 그녀를 발견한다. 그녀가 저녁 파티 차림을 하고서 잘 보이고 싶은 욕구와 광채를 발하며 화류계 여인처럼 빛났을 때였다. 그녀는 생각한다. '그는 초라한 것을 좋아하는구나.' 왜 사람들은 그녀를 온전히 좋아하지 않는 걸까? 그녀의 일부만 좋아하고, 나머지 부분은 어둠 속에 남겨 놓는다. 음악이나 사치스러운 것을 좋아하듯 그녀를 좋아한다. 그녀가 지적이어서 또는 감상적이어서 그녀를 원하는 거라고 말한다. 하지만 그녀가 믿는 것, 그녀가 느끼는 것, 그녀가 자기 안에 지니고 있는 것……. 그런 것들에 관해서는 빈정거린다. 자식에 대한 애정, 아주 분별 있는 염려, 이런 어두운 부분은 무시된다.

남자들은 모두 그녀 곁에만 가면 무기력해진다. 그녀와 함께 있으면 쉽게 감정이 상하기도 하고, 애잔해지기도 하고, 그녀에게 잘 보이려고 '나는 당신이 원하는 남자가 되렵니다.'라고 말하는 것 같다. 그리고 그건 정말이다. 그들로서는 그러는 것이 별로 중요치 않으니까. 중요한 것은 그녀와 자는 것일 게다.

그녀가 늘 사랑을 생각하는 건 아니다. 그럴 시간이 없다!

그녀는 자신의 약혼 기간 첫 며칠을 떠올려 본다. 그러고는 미소를 짓는다. 에를랑은 사랑에 빠진 것을 갑자기 깨닫는다. (어쩌면 사랑을 잊었던 건 아닐까?) 그는 그녀에게 말하고 싶어 하고 그녀를 길들이고 정복하고 싶어 한다. "아! 나는 그럴 시간이 없는데……." 그녀는 오솔길에서 에를랑보다 앞서서 걷고 있었고, 노래의 리듬에 맞춰 단단한 막대기로 어린 가지들을 쳐 내고 있었다. 젖은 땅에서는 좋은 냄새가 풍겼다. 가지들이 얼굴에 우수수 떨어졌다. 그녀는 혼잣소리로 반복했다. "난 그럴 시간이 없어……. 그럴 시간이!" 우선 꽃들을 돌보러 온실로 달려가야 했다.

"주느비에브, 당신은 잔인한 아이로군요!"

"네, 물론이죠. 내 장미들을 보세요, 아주 묵직해요! 꽃이 묵직하다니, 대단해요."

"주느비에브, 당신에게 키스하게 해 주시오……."

"물론이죠. 왜 안 되겠어요? 내 장미들을 좋아하시나요?"

언제나 남자들은 그녀의 장미를 좋아한다.

"천만에요, 아니라니까요, 사랑스런 자크. 나는 슬프지 않아요." 그녀는 베르니스에게 몸을 반쯤 기울인다. "기억나요…….
나는 이상한 애였어요. 신神을 내 생각대로 만들어 냈다니까요.
나는 어린아이처럼 절망에 빠지면, 돌이킬 수 없는 것을 가지고 온종일 울곤 했어요. 하지만 밤에 램프가 켜지자마자 그 친구를(신을) 다시 찾으러 가곤 했지요. 내 기도 속에서 친구에게 말하곤 했어요. '그런 일이 일어났어요. 나는 너무 약해서 망쳐 버린 내 인생을 고치지 못해요. 하지만 당신에게 모든 것을 줄게요. 당신은 나보다 훨씬 강해요. 알아서 해결해 주세요.' 이렇게 기도하고 나서는 잠들곤 했지요."

게다가 별로 확실하지 않은 것 가운데서 그녀의 뜻대로 되는 것들이 아주 많았다. 그녀는 책들, 꽃들, 친구들 위에 군림했다.
그녀는 그들과 협정에 관해 얘기했다. 그녀는 미소 짓게 하는 신호, 찬동의 말, 그 유일한 말인 "아! 당신이군요. 나의 점성가 친구……"를 알고 있었다. 또한 베르니스가 들어올 때면 "앉으세요, 방탕아……"라고 말했다. 각자가 하나의 비밀, 발각되고 위태로워지는 그 달콤함 때문에 그녀와 연결되어 있었다. 아주 순수한 우정이 마치 범죄처럼 풍요로워졌다.

"주느비에브, 당신은 사물들을 늘 지배하는군요."라고 베르니스는 말하곤 했다.

거실의 가구들을 그녀가 좀 움직이거나 안락의자를 잡아당기면, 이윽고 친구는 세계 속에서 자신의 진정한 자리를 발견하며 놀라곤 했다. 온종일의 삶 뒤에는 어수선한 음악, 상한 꽃과도 같이 조용한 소란스러움. 우정이 땅 위에서 망가뜨리는 거라고는 그것들뿐.

주느비에브는 자기 왕국에서 평화를 이룩해 내곤 했다. 그리고 베르니스는 그를 사랑했던 그 붙잡힌 여자애가 그녀 안에서 너무 멀리 있고 너무 잘 방어되어 있다는 것을 느끼곤 했는데…….

하지만 어느 날 전혀 예상하지 못한 일이 일어났다.

3

"나 좀 자게 내버려둬……."

"말도 안 돼! 일어나. 아이의 호흡이 가쁘다고."

그녀는 잠을 떨치고 일어나 침대로 달려갔다. 아이는 자고 있었다. 열 때문에 얼굴은 번들거리고, 숨이 차 보였으나 차분했다. 반쯤 잠에 빠진 채, 주느비에브는 예인선들의 급박한 호흡을 상상해 봤다. "얼마나 힘든 일인가!" 사흘 전부터 계속 그랬다! 아무 생각도 할 수 없던 그녀는 아픈 아이에게 구부정하니 몸을 기울이고 있었다.

"왜 아이 호흡이 가쁘다고 말한 거야? 왜 나를 겁먹게 한 거냐고?"

그녀의 심장은 아직도 쿵쿵 뛰고 있었다. 에를랑이 대답했다. "그런 줄 알았어."

그가 거짓말한다는 사실을 그녀는 알고 있었다. 어떤 불안에 사로잡혀 혼자 괴로워할 수가 없어서 그 불안을 나누려는 거였다. 자기는 괴로운데 세상이 평화로운 것을 견딜 수 없었던 거다. 하지만 그녀는 사흘 밤을 새고 난 뒤라 한 시간이라도 휴식이 필요했다. 벌써, 그녀는 자기 상태가 어땠었는지 알지 못했다.

그녀는 에를랑의 공갈을 숱하게 용서했다. 왜냐하면 말이……. 뭐 중요한가? 얼마나 잤는지 따져 보다니, 우스운 일이다!

"당신 참 터무니없어." 그녀는 그저 그렇게만 말했고, 이어서 그의 마음을 풀어 주려고 "당신은 애야……."라고 말했다.

그러다가 불쑥 보조원에게 시간을 물었다.

"2시 20분입니다."

"아 그래요?"

주느비에브는 "2시 20분……."이라고 반복했다. 마치 급하게 뭔가를 해야만 하는 듯이……. 하지만 천만에. 여행 다닐 때처럼, 그저 기다리는 것 말고는 아무 할 일이 없었다. 그녀는 침대를 토닥토닥 두드려 판판하게 해놓고, 약병들을 정리했으며, 창문을 만졌다. 보이지 않는 어떤 신비로운 질서를 창조하고 있었다.

"좀 주무셔야 해요." 아이를 돌보는 유모가 말했다.

그리고 침묵. 이어서, 보이지 않는 풍경이 내달리는 여행 같은 압박감.

"커가는 모습을 우리가 지켜봐 왔고 그토록 사랑했던 아이인데……." 에를랑이 시를 낭송하듯 말했다. 그는 주느비에브에게 동정을 받고 싶었던 거다. 불행한 아비라는 역할로…….

"여보, 소일거리를 찾아보세요. 뭔가를 해 보면 기분이 좋아질 거예요." 주느비에브가 부드럽게 충고했다. "사업상 약속이 있잖아, 어서 가 봐요!"

그녀가 그의 어깨를 떠밀었지만 그는 자신의 괴로움을 즐기고 있었다.

"당신은 어떻게 그럴 수가 있어! 이런 때……."

'이런 때라니.' 주느비에브는 생각했다. '하지만……. 그 어느 때보다 더 그래야지!' 그녀는 이상하게도 질서가 필요하다고 느꼈다. 옮겨진 꽃병, 가구 위에 널브러진 에를랑의 외투, 콘솔 테이블 위의 먼지, 그것은……. 그것은 적의 발자국 흔적들이었다. 어두운 와해의 징후들. 금박의 자질구레한 실내 장식품들, 정돈된 가구들은 표면의 밝은 현실들이다. 주느비에브로서는 건강하고 깨끗하고 번쩍이는 것이면 모두 캄캄한 죽음으로부터 보호해 주는 것 같았다.

의사가 말했다. "나아질 수 있어요. 아이가 튼튼하니까요." 물론이다. 아이는 잠들어 있을 때면 꽉 쥔 두 손으로 삶에 달라붙었다. 그 모습이 너무나 예뻤다. 너무나 단단했다.

"부인, 밖에 나가서 산책도 좀 하셔야 해요." 유모가 말했다. "부인이 돌아오시면 제가 나갈게요. 그러지 않으면 우리는 못 버텨 낼 거예요."

두 여인을 기진맥진하게 만드는 아이로 인한 그 광경이 기이했다. 눈은 감고 있고 호흡은 짧으면서도 그녀들을 세상 끝으로 데려가다니.

그리고 주느비에브는 에를랑을 피하기 위해 밖으로 나갔다. 그는 그녀에게 연설을 늘어놓았다. "나의 가장 기본적인 의무는……. 당신의 교만은……." 그녀는 그 모든 말을 하나도 이해하지 못했다. 졸려서 그런 것인데, 듣다 보니 '교만' 같은 말들이 튀어나와서 놀라웠다. 왜 교만이야? 여기서 그 단어가 왜 나오는 거지?

젊은 여인이 울지도 않고, 쓸데없는 말은 전혀 내뱉지도 않으며, 빈틈없는 간호사처럼 아이를 돌보는 것에 대해 의사는 놀라워했다. 주느비에브로서는 의사의 회진이 하루 중 가장 좋은 순간이었다. 의사가 그녀를 위로해서가 아니었다. 의사는 아무 말하지 않았으며 아이의 몸 상태를 정확히 알고 있기 때문이었다. 심각하고 어둡고 불건강한 모든 증세가 의사에게는 다 드러나기 때문이었다. 어둠과의 싸움에서 그 얼마나 든든한 보호란 말인가!

바로 그저께 한 수술 때만 해도……. 에를랑은 응접실에서 징징거리고 있었다. 주느비에브는 수술실에 그대로 있었다. 외

과 의사가 하얀 수술복 차림으로 수술실에 들어왔다. 마치 대
낮의 조용한 위력과도 같이……. 인턴과 외과의가 신속한 전투
를 개시했다. 군더더기 없는 말과 지시들. "클로로포름", "꽉 조
이시오.", "요드". 감정을 배제하고 낮은 목소리로 또박또박 내
뱉은 말들. 그러다가 갑자기, 비행기에서 베르니스가 그렇게 하
는 것처럼, 그녀는 너무도 강력한 전략을 계시처럼 발견해 냈
다. 이겨 내리라는 전략.

"당신은 그걸 어떻게 보고 있을 수 있어? 비정한 어머니라서
그런가?" 에를랑이 말했다.

어느 날 아침 의사가 와 있는데 그녀가 안락의자에서 기절하
여 천천히 미끄러졌다. 그녀가 정신을 차렸을 때 의사는 용기
나 희망에 대해 말하지 않았고, 그 어떤 동정도 표하지 않았다.
의사는 그녀를 심각하게 바라보더니 말했다. "너무 무리하시는
군요. 그건 옳지 않아요. 오늘 오후에는 외출하세요. 이건 의사
의 처방입니다. 극장에는 가지 마세요. 사람들이 너무 편협해서
그건 이해 못 할 테니, 그것과 유사한 활동을 하세요."

그러고 나서 그는 생각했다.

'내가 세상에서 본 모든 것 중 가장 진실한 모습이야.'

큰길로 나가니 선선해서 그녀는 새삼스레 놀랐다. 걷다 보니 어린 시절이 떠올라 풍요로운 휴식을 맛보게 되었다. 나무들, 평원들, 단순한 것들. 그리고 훨씬 지난 어느 날 아이가 태어났다. 그것은 이해할 수 없는 일이기도 하면서 동시에 더없이 단순한 일이기도 했다. 다른 것보다 더 분명하고 자명한 일. 그녀는 다른 살아 있는 것들 틈에서 아이를 표면상으로 돌봤었다. 그녀가 당장 겪은 일을 묘사할 말은 존재하지 않았다. 그러면서 그녀는 느꼈는데……. 그렇다, 그거다. 자신이 똑똑하다고 느꼈다. 자신만만하고, 모든 것에 연결돼 있고, 큰 조화를 이루고 있다고 믿었다. 저녁이면 창문 가까이로 갔다. 나무들은 살아서 위로 뻗어 올라가며 땅으로부터 봄을 끌어내고 있었다. 그녀는 그 나무들과 똑같았다. 그리고 그녀의 아이가 가까이서 연약하게 숨 쉬고 있었고, 그것은 세상의 동력이었으며, 아이의 약한 호흡이 세상을 살아 움직이게 했다.

그런데 사흘 전부터 웬 당혹스러운 일인지! 창문을 연다거나 닫는다거나 하는 사소한 동작이 중대한 결과로 이어졌다. 어떤 동작을 해야 할지 더는 알 수가 없었다. 약병이나 침대 시트나 아이를 만질 때면 그런 동작이 어두운 세계에서 어떤 영향을 끼칠지 알 수가 없었다.

그녀는 이제 골동품상 앞을 지나고 있다. 자기 거실의 자질구레한 장식품들을 떠올리면서 그것들이 태양에게는 함정일 거라고 생각했다. 빛을 붙들어 놓는 것이면 무엇이든지 마음에 들었다. 표면에 아주 환하게 떠오르는 것이면 다 마음에 들었다. 그녀는 멈춰 서서 크리스털 잔 안의 조용한 미소를 음미했다. 오래된 좋은 포도주에게 반짝여 주는 미소. 그녀는 빛, 건강, 삶에 대한 확신을 자신의 피로한 의식 속에 섞어 놓았다. 황금 못처럼 박힌 그 반사광을 도망치는 아이의 방을 위해 갈망했다.

4

에를랑이 또 공격해 댔다. "당신은 놀러 다니면서 골동품 가게나 돌아다닐 마음이 있는가 보네! 당신을 절대 용서 안 할 거야! 이건……." 그는 적절한 단어를 찾으려 애썼다. "이건 끔찍스런 일이고, 말도 안 되는 일이야! 엄마로서 할 짓이 아니라니까!" 그는 기계적으로 담배를 한 개비 꺼내더니 한 손으로 붉은색 담뱃갑을 흔들어 댔다. 주느비에브의 귀에 "자신에 대한 존중!"이라는 말이 들렸다. 그녀는 생각했다. '저 사람이 담배에

불을 붙이려나?'

"그래……." 에를랑은 천천히 말을 꺼냈다. 마지막에 하려고
간직해 둔 말을 마침내 내뱉었다. "그래……. 엄마가 즐기고 있
는 동안 아이는 피를 토했지!"

주느비에브는 몹시 창백해졌다.

그녀가 방을 나가려하자 에를랑이 문을 가로막았다. "그냥
있어!" 그는 짐승처럼 가쁜 숨을 내쉬었다. 자기가 혼자서 견뎌
냈던 불안, 그 불안을 그녀에게도 치르게 하려는 거다!

"당신은 나를 괴롭히려는 거지, 그러고는 원망할 테지." 주느
비에브는 그저 그렇게만 말했다.

하지만 허영에 찬 그 허풍선이에게, 즉 사태에 직면하면 무
능하기 짝이 없는 그에게 그런 말을 하니 그는 길길이 날뛰면
서 그녀를 맹렬히 비난했다. 그래, 그녀는 교태나 부리고 가벼
워서 노력에는 무관심했던 거라고. 그래, 정작 자신은 그녀에
게 오래도록 속아 왔는데도 여전히 그녀에게 온 힘을 쏟아 붓
고 있다고. 그래. 그 모든 것은 아무것도 아니라고. 왜냐하면 그
런 상황 때문에 자기 혼자서만 괴로워했고, 인생에서는 누구나
늘 혼자이기 마련이라고……. 주느비에브는 화가 치밀어서 몸
을 돌렸다. 그러자 그가 그녀를 자기 앞으로 돌려 놓더니 또박

또박 말했다.

"그런데 여자들의 잘못은 값을 치르게 마련이지."

그러고는 그녀가 또 회피하자, 아주 심한 말을 하여 억지로 듣게 만들었다.

"아이가 죽는다고! 그건 신의 뜻이라니까!"

마치 살해를 하고 난 것처럼 그의 분노가 단번에 사그라진다. 그 말을 뱉고 나서 정작 그 자신은 멍청하게 있다. 백지장처럼 하얘진 주느비에브는 문 쪽으로 한 걸음 내딛는다. 에를랑은 자신에 대해 오로지 고귀한 이미지만 형성하고 싶었는데, 그녀가 그에 대해 어떤 이미지를 품고 갈지 짐작이 되었다. 그래서 그 이미지를 지워 버리고 수정하여 부드러운 이미지를 그녀에게 억지로 집어넣게 하고 싶은 욕구가 생겼다.

에를랑은 갑자기 낙심한 목소리로 말한다.

"미안……. 돌아와……. 내가 미쳤었나 봐!"

문고리를 잡은 채 그에게 반쯤 몸을 돌린 그녀는 그가 조금이라도 움직이면 도망칠 채비가 되어 있는 야생동물 같았다. 그는 움직이지 않는다.

"이리 와……. 당신에게 할 말이 있어……. 힘들지만……."

그녀는 꼼짝 않고 그대로 있다. 그녀는 뭐가 두려운 걸까? 그 토록 근거 없는 두려움에 그는 거의 화가 치민다. 그는 자기가 미쳤었고, 잔인했고, 부당했으며, 그녀만이 진실하다고 말하고 싶지만, 그러려면 우선 그녀가 다가와야 하고, 신뢰를 보여야 하고, 마음을 열어야 한다. 그러면 그는 그녀 앞에서 겸손해지 리라. 그러면 그녀는 이해하리라……. 하지만 그녀는 이미 문손 잡이를 돌리고 있다.

그는 팔을 뻗어서 그녀의 손목을 덥석 잡는다. 그녀는 짓누 르는 것 같은 경멸로 그를 찬찬히 바라본다. 그는 완강하다. 무 슨 수를 써서든 지금 그녀를 자신의 굴레에 붙들어 놓고, 자신 의 힘을 보여 주고 나서, 그녀에게 "자 봐, 내가 풀어 주잖아."라 고 말해야만 한다고 생각한다.

그는 우선은 부드럽게, 이어서 단단히 그녀의 허약한 팔을 잡아당긴다. 그녀는 그에게 따귀를 갈기려고 손을 들었지만 그 가 그 손을 꼼짝 못 하게 붙들었다. 이제는 그녀를 아프게 하기 까지 했다. 그는 자기 때문에 그녀가 아프다는 것을 느꼈다. 그 는 야생 고양이를 붙잡아서 강제로 길들이려고 고양이를 거의 목 조르며 억지로 쓰다듬는 아이들이 생각났다. 그는 순하게 대하려고 숨을 깊이 내쉬었다. '내가 그녀를 아프게 하고 있으니, 모든 게 끝장이다.' 잠시, 그는 자기가 형성한 이미지이지만 이제는 그 자신도 끔찍해 하는 그 이미지를 주느비에브와 함께 짓눌러 버리고 싶다는 욕망을 미칠 듯이 느꼈다.

그는 마침내 이상한 무력감과 공허감을 느끼면서 손가락들을 폈다. 그녀는 서두르지 않고 물러났다. 마치 정말로 이제는 그를 두려워할 필요가 없는 듯, 뭔가가 갑자기 그녀를 손에 닿지 않는 데로 옮겨 놓은 것만 같았다. 그는 더는 존재하지 않았다. 그녀는 지체했고, 천천히 머리매무새를 추스르더니 꼿꼿하게 밖으로 나갔다.

저녁에 베르니스가 그녀를 보러 왔을 때 그녀는 아무 얘기도 하지 않았다. 그런 얘기는 남에게 터놓지 않는 법이다. 그 대신 그녀는 베르니스로 하여금 그들이 함께 겪은 어린 시절과 그가 멀리서 보내는 생활에 대해 얘기하게 만들었다. 위로가 필요한 어린애 같은 자신을 그에게 맡겼는데, 그런 일들이 그녀를 위로해 주기 때문이었다.

그녀는 이마를 그의 어깨에 기대었고, 베르니스는 그녀가 그 어깨에서 은신처를 온전히 찾은 거라고 믿었다. 아마 그녀도 그렇게 생각했을 것이다. 그런 애무에는 자신을 별로 내맡기지 않는다는 사실을 그들은 아마 몰랐나 보다.

5

"당신이 이런 시간에 내 집에 오다니…… 주느비에브…….
당신, 너무 창백한데…….."

주느비에브는 아무 말도 하지 않는다. 시계추가 참을 수 없
이 재깍재깍 소리를 낸다. 램프의 불빛은 발열케 하는 따분한
물약 같은 새벽빛과 벌써 뒤섞이고 있다. 창문이 역겹다. 주느
비에브는 애를 쓰고 있다!

"빛이 보이기에 왔는데…….."라고 말하고 나서는 더는 할 말
을 찾지 못한다.

"그래요. 주느비에브, 나는…… 책을 읽고 있어요, 보다시
피……."

제본된 책들이 노란색, 흰색, 붉은색으로 알록달록하다. '꽃
잎들 같구나.'라고 주느비에브는 생각한다. 베르니스는 기다린
다. 주느비에브는 꼼짝 않고 그대로 있다.

"이 안락의자에서 난 몽상에 잠기곤 했어요, 주느비에브. 책
을 하나 펼치고, 이어서 다른 책을 펼치고, 그러다 보면 전부 다
읽은 것만 같은 느낌이 들죠."

그는 흥분을 감추기 위해 늙은이 같은 이미지를 제공하고는,

아주 평온한 목소리로 말한다.

"내게 할 말이 있는 거죠, 주느비에브?……."

하지만 그의 마음 깊은 곳에서는 생각한다. '이건 사랑의 기적이야.'

주느비에브는 한 가지 생각과 싸우고 있는데, 그는 알지 못하고……. 그녀가 그를 놀라워하는 눈길로 바라본다. 그러고는 아주 큰 목소리로 덧붙인다.

"내가 온 건……."

그녀는 이마로 손을 가져간다.

유리창들이 새하얘지면서 방 안에 수족관 같은 빛을 쏟아 붓는다. '램프가 시들시들해지네.'라고 주느비에브는 생각한다.

그러고 나서 갑자기 비탄에 빠지며 말한다.

"자크, 자크, 나를 데려가 줘요!"

베르니스는 창백해지며 그녀를 품에 안고서 어른다.

주느비에브는 눈을 감는다.

"날 데려갈 거죠……."

그 어깨 위에서 시간이 달아나 버린다, 아프게 하지는 않으면서……. 모든 것을 포기해 버리는 기쁨과 거의 같다고나 할까. 자신을 방기해 버리면 흐름에 실려 간다. 그녀 자신의 삶이 흘러가고…… 흘러가는 것만 같다. 그녀는 아주 크게 "나를 아프게 하지 않으면서."라고 꿈꾸듯 말한다.

베르니스가 그녀의 얼굴을 어루만진다. 그녀는 뭔가 떠올린다. '다섯 살, 다섯 살인데……. 그렇게 되다니!' 그녀는 다시 생각한다. '내가 그토록 많이 주었는데…….'

"자크!…… 자크…… 내 아들이 죽었어요……. 당신이 보다시피 나는 집을 도망쳐 나왔어요. 그럴 정도로 평화가 필요해요. 나는 아직 실감이 나지 않아서, 아직 괴롭지 않아요. 내가 비정한 여자라서 그런 걸까요? 다른 사람들은 울기도 하고, 나를 위로하려 들기도 해요. 그들은 자기네가 그토록 착하다는 것에 스스로 감동한 거죠. 그런데 보다시피……. 나는 아직 아무 추억도 없어.

당신에게는 다 말할 수 있어. 죽음은 아주 뒤죽박죽일 때 찾아오지. 주사도 놓고, 붕대도 감고, 전보도 보내고……. 그렇게 정신없는 가운데 찾아와. 잠 못 이루는 밤을 며칠 보내고 나면 꿈을 꾸고 있다고 믿게 돼. 의사가 진료하는 동안에는 나의 텅 빈 머리를 벽에다 기대고 있어.

그리고 남편과의 말다툼은 그야말로 악몽이야! 오늘도 좀 전에…… 그가 내 손목을 붙잡았는데 비틀어 버릴 것만 같았어.

그 모든 것이 주사 한 방 때문이었지. 하지만 난 잘 알고 있었어. 아직 주사 놓을 시간이 아니라는 것을……. 그러고 나서 그는 내가 용서해 주기를 바랐지만 그건 중요치 않았어! 내가 대답했지. '그래요……. 그래……. 우리 아들한테 가 보게 나 좀 놔 줘.' 그는 문을 가로막으면서 '용서해 줘……. 제발!'이라고 말했어. 정말 변덕인 거지. 그래서 내가 '이봐요, 지나가게 해 줘. 용서할게.'라고 했더니 그가 '그래, 입술로는 용서하면서 마음으로는 용서하지 않는군.'이라고 했어. 그런 식으로 계속해서 나는 미쳐 버릴 것만 같았어.

물론, 일단 끝나고 나면 오히려 큰 절망은 없어. 평화롭고 조용해서 거의 놀라게 되지. 나는 생각하고……. 또 생각했어. 아이는 지금 쉬고 있는 거라고……. 그게 전부라고……. 내가 꼭 두새벽에 아주 멀리, 어딘지 알 수 없는 곳으로, 뭘 할지도 더는 모르면서 떠나는 것 같기도 했어. 나는 생각했지. '도착했어.'라고. 그리고 주사기, 약들을 쳐다보고는 생각했지. '더는 의미 없어……. 도착했으니까.' 그러고 나서 기절했어."

문득 그녀가 놀란다.

"내가 미쳤나 봐, 여길 오다니."

거기서는 새벽이 큰 재앙을 하얗게 표백시키고 있음을 그녀는 느낀다. 흐트러진 차가운 침대 시트. 가구 위에 내던져진 수 건들, 쓰러진 의자. 그녀는 그 사물들의 와해에 얼른 맞서야 한 다. 그 의자를, 그 꽃병을, 그 책을 서둘러 제자리에 끌어다 놓 아야 한다. 삶을 둘러싸고 있는 사물들의 자세를 다시 잡아 놓 는 일에다 헛되이 온 힘을 쏟아야 한다.

6

사람들이 조문을 왔다. 그들은 말하기 전에 자세를 가다듬는 다. 그녀 안에 있는 불쌍한 추억들을 자기네가 휘저어 놓고는 이어서 진정되도록 놔두는데, 그건 참으로 조심성 없는 침묵이 다……. 그녀는 아주 꼿꼿이 버티고 있었다. 사람들이 에둘러 하는 말들을 그녀는 마음 약해지지 않고 발음했다. '죽음'이라 는 단어를……. 사람들이 어떤 문장을 내뱉으면서 그녀의 반응 을 살피는 꼴을 그녀는 보고 싶지 않던 거다. 사람들이 차마 그녀를 바라보지 못하도록 그녀는 눈을 똑바로 뜨고 있지만, 눈을 내리뜨기만 하면 즉시…….

다른 사람들은……. 조문실의 부속실까지는 평온하게 차분

히 걸어오다가 부속실부터 응접실까지는 걸음을 재촉하여 그
녀의 품에서 균형을 잃는 사람들. 단 한마디도, 그녀는 그들에
게 단 한마디도 하지 않을 것이다. 그들은 그녀의 슬픔을 짓누
른다. 그들은 잔뜩 찌푸린 여자애를 자기네 품에서 꽉 눌러 버
리는 것이다.

이제 그녀의 남편이 집을 팔아야겠다는 말을 한다. "그 불쌍
한 추억들이 우리를 힘들게 하잖아!" 그는 거짓말을 하고 있다.
고통은 거의 친구나 마찬가지니까. 하지만 그는 부산을 떨고,
과장된 제스처를 좋아한다. 그는 오늘 저녁 브뤼셀로 떠난다.
그녀가 나중에 그를 만나러 가기로 돼 있다. "집이 얼마나 엉망
인지 당신들이 안다면……."이라며 구실을 댄다.

그 집의 모든 과거가 해체된다. 오랜 끈기로 구성해 놓은 거
실. 사람에 의해서가 아니라, 상인에 의해서가 아니라, 시간에
의해 거기 놓였던 가구들. 그 가구들은 거실을 꾸린 것이 아니
라 그 거실의 삶을 꾸렸다. 안락의자를 벽난로로부터 멀리 끌
어다 놓고, 콘솔 테이블을 벽으로부터 멀리 끌어당긴다. 그러자
이제 모든 것이 처음으로 민낯을 보이며 과거 밖으로 밀려 나
온다.

"당신도 다시 떠날 거지?" 그녀는 절망에 빠진 동작을 살짝 보인다.

숱한 협약이 깨졌다. 그러니까 바로 아이가 세상의 끈을 쥐고 있었고, 아이를 중심으로 세계가 정돈돼 있었던 건가? 주느비에브의 패배는 바로 아이의 죽음 때문인가? 그녀는 되는 대로 말해 버린다.

"나 힘들어……."

베르니스가 그녀에게 부드럽게 말한다. "내가 당신을 데려갈게. 당신을 납치하는 거야. 기억나지? 내가 언젠가 돌아오겠다고 당신에게 말했잖아. 당신에게……." 베르니스는 그녀를 자기 품에 꼭 껴안는다. 주느비에브가 머리를 좀 젖히자, 그녀의 눈이 눈물로 반짝인다. 베르니스가 자기 품 안에 가두어 놓는 그녀는 그저 울고 있는 아이일 뿐이다.

○월 ○일, 쥐비 만*에서

베르니스, 내 오랜 친구야, 오늘은 우편 수송을 하는 날이야.

---

* 모로코의 에스파냐령인 리오 데 오로의 불복종 지대에 위치했었고, 카사블랑카-다카르 구간에 위치한 기항지였다. 생텍쥐페리는 바로 이곳에 발령되었을 때 이 작품 《남방 우편기》를 썼다.

비행기가 시스네로스를 떠났어. 곧이어 이곳을 지나갈 테고, 몇몇 질책을 담은 편지를 네게 가져다줄 거야. 나는 네 편지들과 우리의 포로가 된 여왕에 대해 많이 생각했어. 어제는 그토록 텅 비고 그토록 헐벗은 해변, 영원히 바다에 씻기는 그 해변을 산책하면서 우리가 그 해변과 비슷하다는 생각을 했어. 나는 우리가 정말 존재하는 건지 잘 모르겠어. 너도 보았다시피, 어떤 날 저녁에 비극적인 황혼 때면, 에스파냐 보루 전체가 번쩍거리는 해변 속에 침몰해버려. 하지만 그 신비스러운 푸른 반사광은 보루와 같은 입자가 아니야. 그것은 너의 왕국이야. 그리 현실적이지 않고, 안전하지도 않은……. 그런데 주느비에브, 그녀는 그냥 살게 놔둬.

그래, 나도 알고 있어, 오늘날 그녀가 혼란에 빠져 있다는 사실을. 하지만 인생에서 비극적인 일은 드물어. 그래서 청산해버려야 할 우정, 애정, 사랑 같은 것은 극히 적어. 네가 에를랑에 관해 무슨 말을 하건 간에, 남자라는 건 별로 대단치 않아. 내 생각에……. 인생은 다른 것에 근거하니까.

관습, 규약, 법, 네가 필요를 느끼지 않는 그 모든 것, 네가 탈주해 나온 그 모든 것……. 바로 그것들이 인생에 틀을 제공하지. 존재하기 위해서는 자기 주변에 지속적인 현실들이 필요해. 그런데 부조리하든 부당하든 간에 그 모든 것은 그저 언어에 불과하지. 주느비에브는 네가 데려가 버리면, 그녀 자신에게도 주느비에브란 없어지게 될 거야.

게다가 그녀는 자기에게 필요한 것이 뭔지 알고나 있을까? 재산과 관련된 관례조차 그녀는 몰라. 좋은 것을 얻게 해 주고 외부 활동을 가능케 하는 것이 돈인데, 그녀의 삶이 내적이긴 하지만, 바로 재산이 사물들을 지속케 해 주거든. 그것은 한 세기 동안 거주지의 벽들에 양분을 제공하는 지하의 하천 같은 거지. 추억들, 즉 혼이야. 그런데 너는 그녀에게서 그녀의 인생을 비워 버리려 하는 거야. 더는 눈에 띄지 않았지만, 아파트를 여전히 구성하고 있는 숱한 사물들을 거기서 치워버리듯이 말이야.

하지만 네게 있어 사랑한다는 것은 태어나는 것이라고 상상해 본다. 너는 새로운 주느비에브를 데려가는 거라고 믿을 테지. 너에게 있어 사랑이란 네가 그녀에게서 가끔씩 보던 눈의 색깔이지. 그 눈은 램프처럼 지피기 쉬울 거야. 그리고 어떤 순간에는 아주 단순한 말에 그런 힘이 실려 있는 듯 보이기도 하고, 사랑을 북돋우기가 쉬운 것도 사실이긴 한데……

생활은 아마 다를 거야.

7

주느비에브는 그 커튼, 그 안락의자를 부드럽게, 하지만 길에서 발견되는 경계석처럼 만지는 것을 꺼렸다. 지금까지는 그렇게 손가락으로 만지는 것이 하나의 놀이였으며 그 장식품들이 연극 무대에서처럼 원하는 때에 나타나고 사라지는 것이 너무 가벼운 일이었다. 취향이 아주 확실한 그녀는 그 페르시아 카펫, 그 주이Jouy산産 천이 정확히 무엇인지 의문을 가져 본 적이 없다. 그것들이 오늘날까지는 인테리어의 이미지, 게다가 너무도 부드러운 인테리어의 이미지를 형성하고 있었는데, 이제는 그것들을 만나는 거였다.

'이건 아무것도 아냐.' 주느비에브는 생각했다. '나는 아직도 내 것이 아닌 삶에서 이방인으로 있는 거야.' 그녀는 안락의자에 깊숙이 앉아서 눈을 감았다. 급행열차 안에서 그러는 것처럼……. 겪고 있는 순간순간이 집, 숲, 마을을 뒤로 내친다. 그렇지만 간이침대에서 눈을 떠 보면 그저 언제나 똑같이 구리 문고리만 보인다. 사람은 자기도 모르는 새에 변모된다. '일주일 뒤면 나는 눈을 뜰 테고, 새로워질 거야. 그가 나를 데려가니까.'

"우리 거처, 어때?"

왜 벌써 깨우는 걸까? 그녀는 바라본다. 그녀는 자기가 느끼는 것을 표현할 줄 모른다. 이 실내 장식에는 지속성이라는 것이 없다. 골조가 튼튼하지 못하니까…….

"가까이 와, 자크, 당신 거기 있는 거지……."

그 독신용 아파트의 긴 의자들과 벽지에 비친 어슴푸레한 빛. 벽을 덮고 있는 모로코 천들. 그 모든 것이 거기에 5분 만에 걸리고, 5분 만에 벗겨지기도 한다.

"왜 벽을 감추는 거예요, 자크? 왜 손가락과 벽의 접촉을 싫어하는 거죠?……."

그녀는 손바닥으로 돌을 만지작거린다. 그 집에서 가장 확실하고 가장 지속성 있는 것을 만지는 것이 좋아서다. 선박처럼 당신을 오래 싣고 있을 수 있는 것…….

그가 자신의 재화를 보여 준다. '추억들…….' 그녀는 이해한다. 식민지에서 유령 같은 생활을 하다가 그런 생활을 파리로 그대로 가져오는 장교들을 알았던 적이 있으니까. 그들은 대로에서 어쩌다 서로 마주치게 되면 상대방이 살아 있다는 사실에 놀라곤 했다. 그들의 집을 보면 사이공이나 마라케시에 있는 집이 어떨지 대강 알 것 같았다. 거기서는 여인들, 동료들, 승진

등에 관해 얘기하곤 했다. 그곳 집들에서는 천들이 어쩌면 벽의 살 그 자체였을 텐데 여기서는 죽어 있는 듯 보였다.

그녀는 손가락으로 얇은 구리 장식품들을 만지작거렸다.

"당신은 내 자질구레한 장식품들이 마음에 안 드나 봐?"

"미안해요, 자크…… 좀……."

그녀는 차마 "저속하다."라고는 말하지 못했다. 그러나 그녀는 복제품이 아니라 세잔의 진짜 그림들, 모조가 아니라 진품 가구를 잘 알고 좋아하면서 생긴 확실한 취향 때문에 어쩔 수 없이 베르니스의 장식품들을 마음속으로 무시하였다. 그녀는 아주 너그러운 마음으로 모든 것을 희생할 각오가 되어 있었고, 소석회로 칠해진 감방에서 살게 된다 해도 견뎌 낼 수 있을 것 같았다. 하지만 여기서는 뭔가 석연치 않은 것에 연루되는 느낌이 자기도 모르게 들었다. 부잣집 아이 같은 까다로움이 아니라, 웬 이상한 생각인지 모르겠으나, 바로 올곧음 때문이었다. 그는 그녀가 거북해하는 것을 눈치 챘다. 이해하지는 못했지만…….

"주느비에브, 나는 당신이 이전에 누리던 안락함은 지켜 주지 못할 거요, 나는……."

"오! 자크! 당신 미쳤어요? 무슨 생각을 하는 거예요! 나는 아무 상관없어요." 그녀는 그의 품에서 그를 꼭 안았다. "나는 그저 당신의 카펫보다 아주 단순하고 잘 문질러 놓은 마룻바닥이 더 좋을 뿐이에요……. 그런 것들은 내가 해결해 놓을게요……."

그러고 나서 그녀는 말을 멈췄다. 그녀가 바라는 그 '꾸밈없음'이 훨씬 큰 사치이고, 사물들이 얼굴에 쓰고 있는 가면보다 훨씬 큰 것을 요구한다는 점을 문득 깨달았기 때문이다. 그녀가 어릴 적 놀았던 그 넓은 방, 반짝이는 호두나무 마룻바닥, 유행에 뒤떨어지지도 않고 낡지도 않으면서 수 세기를 거쳐 올 수 있었던 그 묵직한 탁자들…….

그녀는 이상한 멜랑콜리를 느꼈다. 재산에 대한 아쉬움이 아니었다. 그런 건 그녀도 용인한다. 그런 잉여적인 것은 아마 자크보다 그녀가 적게 갖고 있었을 것이다. 그녀는 자신의 새로운 생활에서 그런 잉여적인 것이 더 풍부해지리라는 사실을 명확히 이해했다. 그런데 그녀는 그런 것이 필요 없었다. 그보다는 지속성이 보장되기를 바랐는데, 이제는 더는 그런 것을 갖지 못하게 될 것이다. 그녀는 생각했다. '사물들이 나보다 더 오래 지속했다. 나는 그들에게 받아들여졌고, 동반되었고, 어느 날에는 돌봄도 받았다. 그런데 이제는 내가 사물들보다 더 오래 지속될 것이다.'

그녀는 또 생각한다. '내가 시골에 갈 때면…….' 그러자 무성한 보리수나무 사이에 있던 그 집이 떠오른다. 표면에 떠오르는 것들 중 가장 안정적인 것은, 땅바닥으로 이어지던 그 넓적한 돌계단이다.

거기서는……. 그러다 보니 겨울이 생각난다. 숲의 마른 나무를 뽑아 내고, 집의 각 선線마저 헐벗게 만드는 겨울. 세상의 골조마저 보인다.

주느비에브는 지나가면서 자기 개들에게 휘파람을 분다. 걸을 때마다 나뭇잎들이 바스락거린다. 하지만 겨울이 해낸 그 정돈, 그 대대적인 풀 뽑기 뒤에는, 봄이 칸칸이 채우며 가지들 속으로 올라와 싹을 틔우고, 깊은 물과 수액의 운동으로 초록 궁륭을 새롭게 만들리라는 것을 그녀는 안다.

거기서는 그녀의 아들이 완전히 사라져 버리지는 않았다. 그녀가 지하창고에 들어가서 반쯤 익은 마르멜로 열매들을 뒤적일 때 아이는 방금 빠져나갔다. 하지만 그토록 많이 뛰고, 오 아가야, 그렇게 미친 듯이 뛰어다녔으니, 이제 잠 좀 자는 게 좋지 않겠니?

거기서는 죽은 자들의 신호를 그녀가 알고 있으며, 그것을 두려워하지도 않는다. 각자가 집에 깃든 침묵들에 자신의 침묵을 더한다. 자신의 책으로부터 눈을 들어 숨을 참고서, 막 꺼져 버린 부름의 소리를 음미한다.

사라졌냐고? 변하는 것들 가운데서 오로지 그들만 지속적인 데? 그들의 마지막 얼굴이 마침내 너무 진실하여 그 얼굴을 결코 부인할 수가 없는데!

'이제 나는 이 남자를 따라갈 테고, 그로 인해 괴로워하고 그를 의심하기도 할 테지.' 왜냐하면 인간은 애정과 매정한 거절을 혼동하기 마련이고, 그것들은 이미 다 지나가 버린 일이 된 죽은 자들에게서만 구분되기 때문이다.

그녀가 눈을 떠 본다. 베르니스가 몽상에 잠겨 있다.

"자크, 나를 보호해 줘야 해요, 나는 가난하게, 너무 가난하게 떠날 거니까요!"

그런데 베르니스가 충분히 강하지 않다면, 그녀는 그 다카르의 집, 그 부에노스아이레스의 군중을 견디며 살아야 할 것이다. 전혀 필요하지도 않은 광경들, 책에 나오는 장면들보다 더 현실적이라고 하기도 힘든 광경들이 펼쳐질 세계에서 말이다.

하지만 그는 그녀에게 몸을 기울여 부드럽게 말한다. 그가 그녀에게 보여 주고 싶어 하는 그 자신의 이미지, 신神이나 가질 법한 그런 애정을 그녀는 믿으려 애써 보고 싶다. 그녀는 사랑의 이미지를 사랑하고 싶어 한다. 사랑을 수호하기 위해 그녀가 갖고 있는 거라곤 오직 그 빈약한 이미지뿐이니까…….

오늘 밤 그녀는 관능 속에서 그 허약한 어깨, 그 허약한 은신처를 발견할 테고, 거기에 얼굴을 파묻으리라. 짐승이 죽으려 할 때 그러하듯이.

8

"나를 어디로 데려가는 거예요? 왜 여기로 데려오는 건가요?"

"이 호텔이 마음에 안드나요, 주느비에브? 다른 데로 갈까요?"

"네, 다른 데로 가요…….." 그녀가 불안해하며 말했다.

전조등 불빛이 약했다. 그들은 구멍 속으로 들어가듯 밤 속으로 힘겹게 돌진했다. 베르니스는 가끔씩 곁눈질을 했다. 주느비에브가 창백했다.

"추워요?"

"조금요. 괜찮아요. 모피코트를 입는다는 것을 깜박했어요."

그녀는 아주 덤벙대는 어린애 같았다. 그녀가 미소 지었다.

이제는 비가 내렸다. '엉망진창이군!'이라고 자크는 생각했다.

그런데 지상 낙원의 부근은 원래 그런 거라는 생각도 들었다.

상스* 근방에서 점화 플러그를 교환해야 했다. 그리고 잊은 게 또 있었다. 손전등. 그는 비를 맞으며 헛도는 스패너로 더듬거렸다. '기차를 탔어야 했는데.' 그는 줄기차게 그 생각만 되풀이했다. 그는 자동차가 주는 자유의 이미지 때문에 승용차를 타고 오는 쪽을 택했다. 대단한 자유로군! 게다가 그 도피를 시작한 이래 오로지 멍청한 짓만 했다. 온통 잊어버린 것투성이니!

"잘돼 가요?"

주느비에브가 그에게로 왔다. 그녀는 갑자기 포로가 된 듯 느껴졌다. 나무 한 그루 그리고 보초를 서고 있는 것처럼 보이는 나무 두 그루, 도로 작업용으로 지어 놓은 터무니없어 뵈는 작은 오두막. 세상에나, 얼마나 우스운 생각인가……. 여기서 여전히 살려 했던 건가?

이제 끝났다. 그가 그녀의 손을 잡았다.

"당신 열이 있네!"

그녀가 미소 짓는다…….

* 욘Yonne 행정 구역의 중심지인 상스Sens는 파리로부터 남동쪽으로 1백 킬로미터 떨어져 있다.

"네⋯⋯. 좀 피곤해요, 자고 싶어요."

"그런데 왜 이 비를 맞으며 내린 거지!"

모터가 불규칙하게 움직이고 탁탁 소리를 내면서 여전히 잘 작동하지 않았다.

"우리 도착하게 될까, 자크?" 그녀는 몸에 열이 나서 반쯤 잠들어 있었다. "우리 도착하게 되는 걸까?"

"물론, 내 사랑, 곧 상스라오."

그녀는 한숨을 내쉬었다. 그녀가 시도하고 있는 일이 힘에 부쳤다. 그리고 그 모든 일이 헐떡거리는 모터 때문이었다. 각 구동축은 너무 무거워서 자기 쪽으로 당기기에는 역부족이었다. 각각이 다 그랬다. 하나를 당긴 뒤 다른 것⋯⋯. 다시 시작해야 했다.

'말도 안 돼.' 베르니스는 생각했다. '차를 또 멈춰 세워야만 할 거다.' 그는 고장날까 봐 벌벌 떨었다. 요지부동인 풍경이 두려웠다. 잠재돼 있던 어떤 생각이 그 풍경 때문에 또렷해진다. 그는 환히 드러나는 어떤 힘이 두려웠다.

"사랑스러운 주느비에브, 오늘 밤을 생각하지 말고⋯⋯. 곧 이어질 미래를 생각해⋯⋯. 그리고⋯⋯. 에스파냐를 생각해요. 당신이 에스파냐를 좋아하려나?"

멀리서 조그만 목소리가 그에게 대답했다. "네, 자크, 나는 행복해요, 그런데…… 노상강도가 좀 무섭긴 해요." 그는 그녀가 부드럽게 미소 짓는 모습을 보았다. 그 말이 베르니스를 아프게 했다. 아무 의미 없는 말이거나, 그게 아니라면 '에스파냐 여행은 동화일 뿐……'을 뜻하는 말일 텐데…… 신념 없는……. 신념 없는 군대. 신념 없는 군대는 이길 수가 없다. '주느비에브, 우리의 신뢰를 망치는 것은 이 밤, 이 비야……' 그는 문득 그 밤이 끝없는 질병과 비슷하다는 사실을 깨달았다. 질병의 맛, 입안에서 그런 맛이 느껴졌다. 새벽을 맞을 희망이 없을 것 같은 그런 밤. 그는 투쟁했고, 마음속으로 또박또박 말했다. '그저 비만 오지 않아도 새벽이 낫게 해 줄 텐데……. 그저 비만 오지 않아도……' 그들 안에서 뭔가가 병들었는데, 그는 그것을 알지 못했다. 썩어 버린 것은 땅이고, 아픈 것은 밤이라고 그는 믿었다. 불치병을 선고받은 사람들이 "아침이 되면 나는 숨을 쉬게 되겠지."라거나 "봄이 오면 나는 젊어질 거야……" 라고 말하는 것처럼, 그는 새벽을 기원했다.

"주느비에브, 그곳에 있는 우리 집을 생각해 봐……" 그래 놓고는 그 말을 결코 하지 말았어야 했다는 사실을 즉각 깨달았다. 주느비에브 안에는 그런 이미지를 구축할 만한 요소가 아무것도 없었다. "그래요, 우리 집……." 그녀는 그 단어를 소리 내서 말해 봤다. 그 단어의 열기가 빠져나갔고, 맛은 금세 사라졌다.

그녀는 자각하지 못하고 있는데 이제 단어들로 구체화되려 하는 많은 생각들, 그녀를 두렵게 만드는 그 많은 생각들을 떨쳐 버렸다.

베르니스는 상스의 호텔들을 알지 못했으므로 안내서를 보려고 가로등 아래 차를 세웠다. 가로등의 가스가 거의 고갈되어 그림자들이 흔들거렸지만, 희뿌연 벽 위에서 엷게 바래지고 흘러내리는 '자전거들…….'이라고 적힌 간판은 그럭저럭 보였다. 그의 눈에는 자기가 여태까지 본 것 중에서 가장 처량하고 가장 저속한 단어처럼 보였다. 보잘 것 없는 인생의 상징. 그의 '저쪽' 생활에서 많은 것이 보잘 것 없는데 그것을 알아채지 못했던 것 같았다.

"어이, 부르주아 아저씨, 불 좀……." 야윈 아이들 셋이서 히히거리며 그를 쳐다보고 있었다. "저 미국인들, 길을 찾고 있나 봐……." 그러더니 주느비에브를 빤히 쳐다보았다.

"꺼져 버려." 베르니스가 꾸짖었다.

"네 애인, 간사한 여자야. 29번지에 가서 우리 애인이나 만나 보는 건 어때!"

주느비에브가 겁에 질려서 그에게로 몸을 기울이며 묻는다.

"저 애들이 뭐라고 해요?……. 제발, 가요."

"그런데 주느비에브……."

그는 뭔가 말해 주려 애쓰다가 입을 다물었다. 그녀에게 호텔을 찾아 줘야 하는데……. 저 술 취한 애들이……. 뭐가 대수야? 이어서 그는 그녀가 열이 있고, 괴로워하며, 저런 애들과 마주치지 않게 해 줘야 했으리라는 생각을 했다. 그는 그런 지저분한 상황에 그녀가 얽히게 한 행위에 대해 자신을 병적으로 끈질기게 책망했다. 그는…….

글로브 호텔은 문이 닫혀 있었다. 작은 호텔들이 모두 그날 밤에는 수예점 같은 분위기를 띠었다. 그는 오래도록 문을 두드려서 마침내 누군가 느릿느릿 나오게 만들었다. 야간 경비원이 문을 살짝 열고는 말했다.

"방이 다 찼어요."

"제발요, 제 아내가 아파서 그래요!" 베르니스가 간청했다. 문이 다시 닫혔다. 발걸음 소리가 복도로 돌진했다.

아니 모두가 그들에 맞서 결속했나?

"뭐라고 하던가요?" 주느비에브가 물었다. "왜 그 사람이 대답조차 하지 않은 거예요?"

베르니스는 하마터면 그녀에게, 지금 그들은 파리의 방돔 광장에 있는 것이 아니며, 작은 호텔들은 일단 배가 부르면 잠자리에 든다는 지적을 할 뻔했다. 이보다 정상적인 일은 없다고…… 그러나 그는 아무 말도 하지 않고 앉았다. 그의 얼굴은 땀으로 번들거렸다. 그는 시동도 걸지 않고, 비에 젖어 번쩍이는 포석만 응시했다. 빗물이 그의 목을 타고 흘러 들어갔다. 무기력한 온 땅을 뒤흔들어야 할 것만 같았다. 다시 그 어리석은 생각이 들었다. '새벽이 오면…….'

그 순간, 인간적인 말 한마디가 정말 필요했다. 주느비에브가 그런 말을 시도했다. "이런 건 다 아무것도 아냐, 내 사랑. 우리의 행복을 위해 노력하면 돼." 베르니스는 그녀를 응시했다. "그래. 당신 참 너그러워." 그는 감동했다. 그녀에게 키스하고 싶었을 것이다. 하지만 그 비, 그 불편함, 그 피로……. 그럼에도 그는 그녀의 손을 잡았고, 열이 심해진다는 사실을 감지했다. 순간순간이 그녀의 육체를 쇠약하게 만들었다. 그는 이런저런 이미지를 떠올리며 차분해졌다. '그녀에게 따뜻한 그로그*를 만들어 줘야지. 아픈 게 싹 나을 거야. 뜨거운 그로그. 그녀를 이불로

---

* 럼주나 브랜디에 설탕, 레몬, 더운 물을 섞은 음료.

감싸 줘야지. 우리는 이 힘들었던 여행을 떠올리며 마주보고 웃게 될 거야.' 그는 막연히 행복감을 느꼈다. 그러나 당장의 삶은 그런 이미지하고 어찌나 안 어울리던지! 다른 두 호텔도 아무 응답이 없었다. 이미지들. 매번 그 이미지들을 새로 만들어야 했다. 그 이미지들은 매번 확실성을 조금씩 잃어 갔다. 실현시키려고 담고 있던 그 약한 힘을 잃어 갔던 것이다.

주느비에브는 진작 입을 다물었다. 그녀가 불평도 않고 더는 아무 말도 하지 않으리라는 사실을 그는 느끼고 있었다. 그는 몇 시간이고 몇 날이고 운전할 수 있었다. 그래도 그녀는 아무 말도 하지 않을 것이다. 결코 더는 아무 말도……. 그녀의 팔을 비튼다 해도 아무 말 않을 것이다. '내가 횡설수설, 꿈을 꾸고 있구나!'

"주느비에브, 내 귀여운 아이, 아파요?"

"천만에요, 이젠 괜찮아요, 좀 나아졌어요."

그녀는 방금 많은 것에 대해 절망하던 참이었다. 그것들을 포기하다니……. 누구를 위해? 그를 위해. 그가 그녀에게 줄 수 없던 것들. '나아졌다'고 한 그 말……. 그것은 망가진 용수철이었다. 더는 말을 듣지 않는……. 그녀는 그렇게 점점 나아지리라. 행복을 포기할 테니까. 완전히 좋아지게 되면…….

'이런! 나는 정말 멍청하구나. 또 꿈을 꾸다니'.

'희망과 영국' 호텔. 출장 여행자에게는 특별 가격. "내 팔에 기대요, 주느비에브…… 물론이죠, 방 하나요. 아내가 아프니까 얼른 그로그 한 잔 주세요! 뜨거운 그로그로……" 출장 여행자들에게는 특별 가격. 이 문장이 왜 그렇게 처량한지? "이 안락의자에 앉아요, 좀 나아질 거야." 왜 그로그가 안 오는 거지? 출장 여행자를 위해서는 특별 가격.

늙은 여종업원이 서둘렀다. "자, 제가 모실게요. 불쌍한 부인. 몹시 떨고 계시고, 아주 창백하시네요. 제가 부인에게 탕파*를 준비해 드릴게요. 14호실로 가세요. 아주 큰 방이에요…… 손님께서 서류를 작성하실래요?" 그는 손가락 사이에 더러운 펜대를 끼고 나자 그들의 성姓이 서로 다르다는 사실이 떠올랐다. 그는 종업원들이 좋을 대로 생각하게 내버려 두기로 했다. '나 때문이야. 섬세하지를 못하니……' 이번에도 그녀가 그를 도왔다.

"연인이라고 해요. 그게 다정하잖아요?" 그녀가 말했다.

그들은 파리가 생각났고, 스캔들이 생각났다. 이런저런 얼굴

---

* 뜨거운 물을 넣어서 그 열기로 몸을 따뜻하게 하는 기구.

들이 흥분하는 모습이 떠올랐다. 그들로서는 힘든 뭔가가 그저 시작되었을 뿐이지만 아주 사소한 말도 조심스러워했다. 서로 같은 생각을 하고 있음을 확인하게 될까 봐 겁나서…….

베르니스는 현재까지 아무 일 없었다는 사실을 문득 깨달았다. 아무 일도……. 무기력한 모터, 비 몇 방울, 호텔을 찾느라 허비한 10분, 이외에는 아무 일 없었다. 그들이 보기에는 극복해낸 것 같은 그 어려움들은 사실은 그들 자신이 초래한 것들이었다. 주느비에브는 자기 자신에 대해 힘들어했고, 그녀로부터 뽑아내려던 것이 너무 강하게 버텨서 이로 인해 그녀는 이미 찢겨 있었다.

그는 그녀의 손을 잡았지만, 말을 건네 봤자 소용없으리라는 사실을 이번에도 알았다.

그녀는 잠을 잤다. 그는 사랑을 생각하지 않았다. 그런데 이상하게 몽상에 잠겼다. 어렴풋이 떠오르는 기억들. 램프의 불길. 서둘러 램프에 기름을 공급해야 한다. 그런데 센 바람이 불어오니, 불길도 보호해야 한다.

그런데 특히 그 초연함……. 그는 차라리 그녀가 재산을 탐내기를 바랐을 것이다. 그녀가 물건들 때문에 괴로워하고 감동받으며, 갖고 싶어서 아이처럼 소리치기를 바랐을 것이다. 그러면 그가 궁핍하다 해도 그녀에게 줄 것이 많았을 것이다. 하지만 배고프지 않은 그 아이 앞에서 그는 가련하게 무릎을 꿇었다.

9

"아니, 아무것도 아냐……. 아! 벌써?"

베르니스는 일어섰다. 꿈속에서는 그의 동작 하나하나가 배를 끄는 사람의 동작처럼 무거웠다. 당신의 깊숙한 곳으로부터 당신을 환한 데로 끌어 내는 사도使徒의 동작처럼……. 그의 발걸음 하나하나는 무용수의 발걸음처럼 의미로 가득 차 있었다.

"오! 나의 사랑……."

그는 이리저리 서성거린다. 그 모습이 우스꽝스럽다.

새벽빛이 비치자 창문이 더러워 보였다. 지난밤에는 유리창이 어두운 파란색이었다. 램프 불빛이 비치자 창문은 사파이어의 깊이 있는 색을 띠었었다. 지난밤에는 그 깊이가 별들에게까지 파고들어 갔다. 꿈을 꿔 본다. 상상해 본다. 어느 선박의 뱃머리에 있다고…….

그녀는 무릎을 당겨 쪼그리고 앉아서 잘 익지 않은 빵처럼 물렁물렁한 살을 느낀다. 심장이 너무 빨리 뛰어서 아프게 한다. 열차 칸 안에서 그런 것처럼……. 기차가 빠져나가는 리듬에 굴대 소리가 또박또박 맞춘다. 굴대들이 심장처럼 뛴다. 사람들은 차창에 이마를 대고 있고, 풍경은 흘러간다. 지평선이검은 덩어리들을 마침내 거둬 들이고, 자신의 평화로 둘러싼다. 죽음과도 같이 부드럽게.

그녀는 그 남자에게 소리치고 싶다. '날 붙잡고 있어!' 사랑의 팔이 당신의 현재, 당신의 과거, 당신의 미래와 함께 당신을 끌어안고 있다. 사랑의 팔이 당신을 전부 모아 놓는데…….

"아니. 나를 내버려 둬."

그녀가 일어선다.

10

'이 결정, 이 결정은 우리 바깥에서 취해졌다. 모든 것이 말을 교환하지도 않은 채 이루어졌다.'고 베르니스는 생각했다. 그 복귀가 미리 약정된 일인 것만 같았다. 그렇게 몸도 아픈데 계속해서는 안 되는 일이었다. 나중에 알게 될 테지. 그토록 잠깐

자리를 비웠고, 에를랑은 멀리 가 있으니, 다 제자리를 잡을 것이다. 베르니스는 모든 것이 너무 쉬운 듯 보여서 놀랐다. 사실은 그렇지 않다는 사실을 그는 잘 알고 있었다. 애쓰지 않고 행동할 수 있던 건 바로 그들이었다.

그는 자신에 대해 의구심이 들었다. 이번에도 이미지들에 넘어갔다는 사실을 잘 알고 있었다. 그런데, 이미지들은 얼마나 깊은 데서 오는 걸까? 오늘 아침 그는 잠에서 깨었을 때 그 낮고 칙칙한 천장을 보며 생각했다. '그녀의 집은 선박이었다. 그 집은 이 기슭에서 저 기슭으로 다니며 여러 세대를 거쳤다. 여행은 여기든 다른 데든 의미가 없지만 자신의 표, 자신의 선실, 자신의 노란 여행 가방을 갖다 보면 얼마나 안심이 되는가. 배에 올라탄다는 것 자체가……'

그는 자기가 괴로운 건지 아닌지 알지 못했다. 비탈길을 가고 있고, 미래가 그에게 다가오는데 그것을 붙잡아서는 안 되기 때문이다. 자신을 되는 대로 내팽개쳐 두면 더는 괴롭지 않은 법이다. 슬픔에 내맡긴다 할지라도 더는 괴롭지 않다. 그는 나중에 몇몇 이미지를 직면하면서 괴로울 것이다. 그래서 그들 각자가 자기 역할의 후반부를 쉽게 연기한다는 사실을 그는 알았다. 왜냐하면 그들의 마음속 어딘가에서 이미 예견돼 있었으니까. 그는 더 나아지지도 않은 자동차를 운전하면서 그 생각을 했다. 그들은 비탈길을 가고 있었던 거다. 여전히 그 비탈길 이미지.

퐁텐블로*쯤에서 그녀가 목이 마르다고 했다. 그들은 풍경 하나하나를 세세히 알고 있었다. 풍경이 조용히 자리 잡고 있었다. 든든했다. 해가 환하게 떠오르는 데 필요한 틀이었다.

그들이 들른 싸구려 식당에서 우유를 내왔다. 서둘러 봤자 무슨 소용인가. 그녀는 우유를 조금씩 한 모금 한 모금 마셨다. 서둘러서 뭐하겠는가? 벌어지고 있는 일 모두가 그들에게 필연적으로 일어났다. 여전히 그 필연의 이미지.

그녀는 부드러웠다. 그간의 모든 것에 대해 그에게 고마워했다. 그들의 관계는 어제보다 훨씬 자유로웠다. 그녀는 미소 지었고, 문 앞에서 모이를 쪼고 있는 새 한 마리를 가리켜 보이기도 했다. 그녀의 얼굴이 새로워 보였다. 이런 얼굴을 어디서 봤었지? 여행자들에게서였다. 몇 초 뒤면 당신의 삶으로부터 떨어져나갈 여행자들에게서. 플랫폼에서. 그 얼굴은 벌써 미소를

---

* 퐁텐블로Fontainebleau는 파리로부터 남동쪽으로 약 57킬로미터 떨어진 곳이다. 총 2만5천 헥타르에 걸쳐 펼쳐진 방대한 숲이 있어 파리 사람들이 즐겨 찾는 산책지 중 하나다.

지을 수도 있고, 미지의 열정으로 살아갈 수도 있다.

그는 다시 눈을 들었다. 그녀의 옆모습을 보니 고개를 숙인 채 몽상에 잠겨 있었다. 그녀가 고개를 돌리기만 하면 그런 모습은 사라졌다.

아마 그녀는 여전히 그를 사랑했을 테지만, 그렇게 연약한 소녀에게는 지나치게 요구해서는 안 된다. 당연히 그는 "당신의 자유를 돌려주겠소."라는 말은 하지 못하고, 마찬가지로 터무니없는 그 어떤 말도 할 수 없었다. 다만 자기가 뭘 할 생각인지, 자신의 미래에 대해서만 얘기했다. 그가 생각하는 앞으로의 인생 속에서 그녀는 포로가 아니었다. 그녀는 그에게 감사를 표시하려고 자그마한 손을 그의 팔에 얹고 말했다. "당신은 나의…… 사랑 전부예요." 그리고 그것은 정말이었다. 하지만 그 말에서, 그는 그들이 각자 서로에게 필요한 사람이 아니라는 사실을 알아챘다.

고집불통이면서도 부드러운 그녀. 거의 혹독하고 잔인하고 부당하면서도 정작 본인은 자기가 그런 줄 모르는 그녀. 뭔지 알 수 없는 어떤 좋은 것을 무슨 수를 써서든 지켜 내려는 그녀. 평온하고 부드러운 그녀.

그녀는 에를랑에게도 맞지 않는 사람이었다. 에를랑도 그 사실을 알고 있었다. 그녀가 다시 시작하자고 했던 생활은 에를랑에게 오로지 괴로움만 초래했다. 그녀는 도대체 왜 그렇게 되었던 걸까? 그녀는 괴로워하지 않는 것 같았다.

그들은 길을 다시 나섰다. 베르니스는 얼굴을 약간 왼쪽으로 돌렸다. 그 또한 더는 괴로워하지 않는 법을 잘 알았지만, 아마도 그의 안에 있는 어떤 짐승이 상처를 입어서 설명할 길 없는 눈물을 흘리고 있었나 보다.

파리에서는 아무런 소동이 없다. 그들 둘 때문에 귀찮아진 일은 별로 없으니까.

11

무슨 소용이란 말인가? 도시가 베르니스 주위에서 쓸데없이 야단법석을 떨고 있었다. 그런 혼란으로부터는 더는 아무것도 끌어낼 수가 없다는 사실을 그는 잘 알고 있었다. 그는 그 낯선 행인들 무리를 천천히 거슬러 올라갔다. 그는 생각했다. '마치 내가 여기 있지 않은 것만 같구나.' 그는 곧이어 다시 떠나야 했다. 그러는 게 나으니까. 직업상 주변이 매우 물질적으로 연결되어 있으므로 다시 현실로 돌아가게 되리라는 사실을 그는 알고 있었다. 그의 일상생활 속에서는 아주 사소한 발걸음이라도 하나의 사건처럼 중요해지고, 정신적 재앙은 그런 생활에서 의미를 좀 잃는다는 것도 알고 있었다. 기항지의 농담도 나름의 풍미를 간직하고 있을 것이다. 이상하긴 하지만, 그럼에도 확실했다. 그런데 그는 자신에 대해 관심이 없었다.

그는 마침 노트르담 성당 근처를 지나고 있던 터라 안으로 들어갔다가 빽빽하게 몰려 있는 군중을 보고는 놀라서 기둥에 기대며 피신했다. 그런데 도대체 왜 거기 있었던 걸까? 그는 자신에게 물었다. 여하튼 그는 몇 분간 뭔가가 그를 거기로 이끌었기에 왔던 거다. 그 몇 분 동안 밖에서는 그를 끌어당기는 것이 아무것도 없었다. '밖에서는 그 몇 분이 더는 아무것도 이끌지 않는다.' 그는 자기 자신을 알아야 할 필요성을 느꼈고, 사유의 아무 분야에나 자신을 떠넘기듯이 신앙에 자신을 넘겼다. 그는 생각했다. '내가 나 자신을 설명하고, 나를 집결시키는 공식을 찾아낸다면, 나에게는 그거야말로 진실일 것이다.' 그러고 나서는 싫증 나서 덧붙였다. '그렇지만 믿지는 않을 테다.'

그러더니 갑자기 그는 자기가 또 크루즈 여행을 떠나는 것만 같았고, 그의 인생 전체가 그렇게 도망치려는 시도로 소모된

듯 보였다. 그리고 설교의 시작이 출발 신호라도 되는 것처럼 그를 불안하게 했다.

설교자는 "천국은……."이라고 시작했다. "천국은……."

설교자는 손으로 강단의 가장자리에 기대어……. 군중에게로 몸을 기울였다. 모든 것을 흡수하는 빽빽한 군중. 양식 공급. 이미지들이 평범치 않은 명징성의 성격을 띠면서 그 설교자에게 떠올랐다. 그는 덫에 걸린 물고기들을 생각하고는 아무 관련 없이 덧붙였다.

"갈릴리의 어부가……."

설교자는 지속적인 회상으로 줄줄이 이어지는 단어들만 사용했다. 베르니스가 보기에 설교자는 군중에게 서서히 압박을 가하는 것 같았고, 달리기 주자처럼 보폭을 조금씩 늘려 가는 것 같았다. "여러분이 안다면……. 얼마나 큰 사랑이……." 그는 좀 헐떡이다가 말을 중단했다. 감정이 복받쳐 올라서 표현을 못 하는 거였다. 아주 흔히 쓰이는 사소한 말이라도 너무 많은 의미를 담고 있는 듯 보였고, 자기가 하는 말을 제대로 구분하지도 못하면서 말하고 있다는 사실을 베르니스는 깨달았다. 촛불에 비친 그의 얼굴이 납빛으로 보였다. 그는 손으로 강단에 기댄 채 얼굴을 정면으로 하고 몸을 꼿꼿이 세웠다. 그가 긴장을 풀자 군중은 바다처럼 일렁였다.

그러고 나서 그는 할 말이 떠오르자 다시 말하기 시작했다. 그는 놀라울 정도로 확신에 차서 말했다. 자신의 힘을 느끼는 하역 인부처럼 희열에 차 있었다. 생각들이 그의 바깥에서 형성되어 그에게로 왔고, 마치 넘겨받은 짐인 양 문장을 마치다 보면, 그러는 동안 그 문장을 담을 이미지, 그 이미지를 군중에게 실어다 줄 표현이 막연하게 자기 안에서 떠오르는 것을 미리 느낄 수 있었다.

베르니스는 이제 마지막 부분을 듣고 있었다.

"나는 모든 생명의 근원이다. 나는 당신들 속으로 들어가서 당신들을 살아 움직이게 하고 물러나는 조수潮水이다. 나는 당신들 속으로 들어가서 당신들을 찢어 놓고 물러나는 아픔이다. 나는 당신들 속에 들어가 영원히 지속되는 사랑이다.

그리고 당신들은 마르키온*과 네 번째 복음서로 나와 맞서

---

* 서기 85년경에 튀르키예의 시놉에서 태어나 165년경에 죽은 기독교 초대 교회 시절의 성서 학자. 140년경에 로마로 가서 두각을 드러내는데, 오로지 성서에만 근거하고 유대교 전통과는 단절하여 자신의 이론을 발전시킨다. 그에 따르면, 예수는 유대인이 기다리던 메시아가 아니고, 성모 마리아에게서 태어나지도 않았다. 유대교 경전인 '토라'와 구별 짓기 위해 '복음'이란 표현을 처음 쓴 인물이며, 누가복음과 바울 서한을 요약한 텍스트를 제안하기도 했다.

려고 온다. 그리고 당신들은 가필들에 관해 말하려고 오는 거다. 그리고 당신들은 당신들의 그 비참한 인간적 논리를 내게 내세우려고 오는 거다. 나는 그 너머에 있는 자이고, 그 논리로부터 내가 당신들을 해방시키는 데도 말이다!

오, 포로들이여, 내 말을 이해하라! 나는 당신들을 당신들의 학문, 공식, 법으로부터, 그 정신적 노예 상태로부터, 숙명보다 더 단단한 그 결정론으로부터 해방시킨다. 나는 갑옷 속 흠이다. 나는 감옥 속 천창이다. 나는 계산 속 착오이다. 나는 생명이다.

당신들은 별의 운행을 적분으로 이해하였다, 오 실험실 세대여, 그러고는 별을 더는 알지 못한다. 당신들의 책 속에서 별은 이제 하나의 기호이지, 더는 빛이 아니다. 당신들은 별에 관해 어린애보다도 아는 게 적다. 당신들은 인간의 사랑을 좌지우지하는 법칙을 알아냈지만, 그 사랑 자체는 당신들의 기호들을 벗어난다. 사랑에 관해 당신들은 여느 아가씨보다 아는 게 적으니까! 그러니 내게로 오라. 그 빛의 부드러움, 그 사랑의 빛, 그것들을 내가 당신들에게 돌려줄 테니. 나는 당신들을 노예로 만들지 않는다. 당신들을 구원한다. 과일이 떨어지는 것을 처음으로 계산하고는 그 노예 상태 속에 당신들을 가두었던 인간으로부터 당신들을 해방시킨다. 나의 거처만이 유일한 출구다. 당신들이 내 거처 밖에서 뭐가 되겠는가?

내 거처를 벗어나면, 번쩍이는 뱃머리 위로 흐르는 바다의 흐름처럼 시간의 흐름이 의미를 한껏 지니는 그 선박을 벗어나면, 당신들은 뭐가 되겠는가. 소리 내지는 않지만 섬들을 싣고 가는 바다의 흐름. 바다의 흐름.

내게로 오라, 행동하였으나 아무것에도 이르지 못하여 씁쓸했던 당신들…….

설교자는 팔을 벌렸다.

"나는 맞아들이는 자이기 때문이다. 나는 세상의 죄들을 짊어졌다. 나는 세상의 아픔을 짊어졌다. 나는 새끼를 잃는 짐승 같은 당신들의 불치병들을 짊어졌고, 이로 인해 당신들은 그 짐들을 덜었다. 하지만 성부聖父여, 당신의 아픔, 즉 오늘날의 내 백성은 더 지독하고 더 고칠 길 없이 비참하나이다. 그럼에도 나는 그 아픔을 다른 아픔들과 마찬가지로 짊어질 것이다. 나는 더 무거운 영靈의 사슬을 짊어질 것이다.

나는 세상의 짐을 짊어지는 자이다."

베르니스에게는 그 설교자가 절망한 듯 보였다. 왜냐하면 신의 어떤 '표적表迹'을 얻기 위해 부르짖는 게 아니었기 때문이고, '표적'을 선포하지도 않았기 때문이다. 그는 그저 자기 자신에게 응답하고 있었다.

"당신들은 장난치는 아이들이 될 것이다.

당신들을 소진시키는 매일 매일의 헛된 노력들, 내게로 오라, 내가 그 노력들에 의미를 부여해 주리라, 그 노력들이 당신들의 마음속에 건물을 지을 것이며, 나는 그것으로 인간적인 것을 만들 것이다."

그 말이 군중 속으로 파고든다. 베르니스는 그 말이 더는 들리지 않지만 그 말 안에 있는 뭔가가 들린다. 어떤 모티브처럼 다시 돌아오는 무엇인가.

"내가 그것으로 인간의 것을 만들 것이다."

설교자는 불안해하다가 말한다.

"오늘날의 연인들이여, 내게로 오라, 당신들의 메마르고 잔인하고 절망에 빠진 사랑들을 내가 인간의 것을 만들 테니⋯⋯.

육체를 향한 당신들의 조급함과 처량한 회귀, 내게로 오라, 그것들로 내가 인간의 것을 만들 터이니⋯⋯."

베르니스는 자신의 비탄이 커져 가는 것을 느낀다.

"⋯⋯. 왜냐하면 나는 인간에 대해 경탄했던 자이니⋯⋯."

베르니스는 갈피를 잡지 못한다.

"나는 인간을 그 자신에게 돌려줄 수 있는 유일한 자이니라."

그러고는 그 사제가 입을 다물었다. 기진맥진한 그는 제단으로 돌아갔다. 그는 자기가 방금 세워 놓은 그 신을 경배했다. 그는 마치 모든 것을 다 줘 버린 양, 마치 자기 육체의 탈진이 헌신이라도 되는 양, 스스로를 겸허하다고 느꼈다. 그는 자기도 모르게 자신을 그리스도와 동일시했다. 그는 제단을 향해 몸을 돌리고는 끔찍스러울 만큼 천천히 말했다.

"나의 아버지, 나는 저들을 믿었습니다. 그 때문에 나의 목숨을 주었으며……."

그러고는 마지막으로 군중에게 몸을 숙이더니 말했다.

"왜냐하면 내가 저들을 사랑하기에……." 그러고는 몸을 떨었다.

베르니스에게는 그 침묵이 경이로워 보였다.

"성부와 성자와 성령의 이름으로……."

베르니스는 생각했다. '참으로 절망이군! 신앙 고백은 어디 있는 거지? 나는 신앙 고백은 듣지 못했고, 완벽하게 절망한 부르짖음만 들었을 뿐이다.'

베르니스는 밖으로 나갔다. 아크등이 곧 켜질 것이다. 베르니스는 센강의 둑을 따라 걸었다. 나무들은 흔들림이 전혀 없었고, 나뭇가지들이 석양빛에 어지러이 어른거렸다. 베르니스는 걸었다. 그날의 휴식 덕분에 마음이 차분해졌다. 어떤 문제가 해결되어 그런 거라고 믿겨지는 그런 차분함이었다.

그렇지만 그 석양은…… 제국의 폐허, 패배한 날들의 저녁, 허약한 사랑들의 결말 등에 사용되었고, 앞으로도 다른 연극들에 사용될, 너무도 극적인 배경 막이다. 저녁이 고요하면, 인생이 질질 끌리면, 어떤 드라마가 펼쳐질지 알지 못해서 너무도 불안한 배경 막. 아! 너무도 인간적인 불안으로부터 그를 구원하기 위한 그 무엇…….

아크등이, 전부 일제히, 반짝였다.

12

택시들. 버스들. 이름 없는 소란스러움, 그러니 헤매어도 좋은 곳 아닐까, 베르니스? 아스팔트에 우뚝 서 있는 우둔한 너. '자, 흐트러져 봐!' '일생에 단 한 번 스치는 여인들. 단 한 번의 기회. 저쪽은 더 노골적인 빛의 몽마르트르. 이미 달라붙은 여자들.' '맙소사! 어서!…….' '저쪽에도 여자들. 마치 보석 상자처럼, 여자들에게, 심지어 아름답지도 않은 여자들에게까지 자신의 소중한 육체를 내어 주는 에스파냐계 남자들. 복부 위에는 5백 장의 지폐가 주렁주렁, 그리고 반지들은 또 어떻고! 사치로 반죽된 육체. 그리고 또 안달하는 여자. "이거 봐. 너! 네가 어떤 인간인지 난 알지, 너 손님 끌려고 이러는 거잖아, 꺼져버려. 나 좀 지나가게 해 줘요, 나는 살고 싶다고요!"

그 여인은 드러난 등에 삼각형으로 골이 파인 야회복을 입고서 베르니스 앞에 앉아 야식을 먹고 있었다. 그에게는 그 목덜미, 그 어깨, 육체의 전율이 빠르게 흐르고 지나가는 그 맹목적인 등만 보인다. 늘 재구성되고 포착되지 않는 그 질료. 여인이 담배를 피면서 주먹으로 턱을 괴고 머리를 숙이고 있어서, 그에게는 황량한 '넓이'만 보였다.

'벽 같아.' 그는 생각했다.

댄서들이 자신들의 놀이를 시작했다. 그녀들의 스텝은 유연했고, 발레의 혼魂이 그녀들에게 혼을 빌려주었다. 베르니스는 그녀들을 균형 속에 붙들어 놓고 있는 그 리듬을 좋아했다. 몹시 위협받고 있지만 늘 놀랍도록 확실하게 되찾던 균형. 그녀들은 막 구축되려던 이미지를 늘 풀어 버리는 감각들을 괴롭혔고, 휴식이나 죽음의 초입에서 그 이미지를 또 동작들로 바꾸게 하는 감각들을 못살게 굴었다. 그것은 바로 욕망의 표현이었다.

베르니스 앞에는 호수의 수면처럼 매끈한 그 신비로운 등. 하지만 살짝 해 보인 동작, 한 가지 생각 또는 한 떨림이 거기서는 어두운 큰 파동이 되어 퍼졌다. 베르니스는 생각했다. '저 아래서 움직이는 알 수 없는 그 모든 것이 내겐 필요하다.'

댄서들이 모래에다 몇몇 수수께끼를 그리더니 이어서 지우고는 인사했다. 베르니스는 가장 경쾌한 댄서에게 신호를 보냈다.

"춤을 잘 추네." 그는 과일의 과육처럼 그녀 육체의 무게를 짐작해 봤는데, 그 육체의 무게가 꽤 나간다는 것은 그로서는 뜻밖의 발견이었다. 일종의 풍요로움이랄까. 그녀가 앉았다. 그녀의 시선은 강렬했고, 면도를 한 목덜미는 뭔가 황소 같았다. 그녀의 몸에서 가장 덜 유연한 마디였다. 그녀의 얼굴에는 섬세함이 조금도 없었지만, 그 얼굴로부터 이어지는 몸 전체가 큰 평화로움을 번지게 했다.

이어서 베르니스는 그녀의 머리칼이 땀에 젖어 피부에 달라붙어 있다는 사실을 알아챘다. 얼굴의 분가루에 패인 주름. 빛바랜 장식품. 한 요소로부터 빠져나오듯 춤으로부터 빠져나온 그녀는 초췌하고 어설퍼 보였다.

"무슨 생각 해?" 그녀는 서투른 몸짓을 했다.

밤의 그 모든 동요가 하나의 의미를 띠었다. 식당 종업원들, 택시 운전사들, 호텔 매니저들의 동요. 그들은 결국 그 샴페인과 그 지친 여자를 베르니스 앞에 밀어 놓는 일을 각자 나름대로 하고 있었던 거다. 베르니스는 모든 것이 각자의 본분인 무대 뒤를 통해 인생을 바라보고 있었다. 악덕도 없고, 미덕도 없고, 모호한 감정도 없고, 그 대신 작업반 사람들의 고된 일처럼 똑같이 판에 박히고, 똑같이 중립적인 노고가 있는 곳. 하나의 언어를 구성하기 위해 동작들을 집결시키는 그 춤조차도 이방인에게만 말할 수 있었다. 여기서는 그 남녀들이 오래전부터 잊어버렸던 그 구성을 오로지 이방인만 발견하곤 했다. 그래서 같은 가락을 숱하게 연주하는 음악가는 그 가락의 의미를 잃어버린다. 여기서는 그녀들이 조명 빛 속에서 스텝을 밟고 표정을 지었지만, 그들이 무엇에 주목하고 있었는지는 아무도 모른다. 어떤 여인은 오로지 자신의 아픈 다리에만 신경을 썼고, 어떤 여인은 춤을 춘 뒤의 만남에 신경을 썼다. 오, 너무도 비참하게! 그리고 '나는 빚이 1백 프랑이나 있잖아.'라고 생각하는 여인도 있었다. 그리고 어쩌면 다른 누군가는 늘 '나 힘들어.'라고 생각하는지도……

베르니스의 내부에서는 이미 모든 열정이 다 풀어져 버렸다. 그는 생각했다. '너는 내가 원하는 것을 아무것도 줄 수가 없어.' 그럼에도 고립이 너무 가혹했기에 그는 그녀가 필요했다.

13

그녀는 그 말 없는 남자를 두려워한다. 한밤에 그 잠자는 남자 곁에서 깨어날 때면 그녀는 황량한 모래사장에 버려진 느낌이 든다.

"안아 줘!"

그럼에도 그녀는 애정이 솟구치는 것을 느끼기는 하는데……. 육체에 갇혀 있는 그 미지의 삶, 얼굴의 딱딱한 뼈 아래 그 알 수 없는 꿈들! 그녀는 그 남자의 가슴 위에 옆으로 누워서 그의 숨결이 파도처럼 오르고 내리는 것을 느끼는데, 그것은 어딘가를 횡단할 때의 불안이다. 그 살에다 귀를 바싹 대고 심장의 딱딱한 소리, 그 작동하는 모터 또는 파괴자의 도끼질을 들으면, 그녀는 붙잡을 수 없이 빠르게 도망치는 것 같은 느낌이 든다. 그녀가 그를 꿈으로부터 끌어내리려고 한마디 내뱉을 때, 그 침묵. 그녀는 자기가 내뱉은 단어와 대답 사이의 시간을 일 초 일 초 센다. 마치 천둥을 세듯이, 하나……. 둘……. 셋……. 그는 들판 저 너머에 있다. 그가 눈을 감으면 그녀는 죽은 자의 머리처럼 무거운 그 머리를 마치 포석처럼 두 손으로 붙잡아 들어 올린다. "내 애인, 참으로 비통하네……."

알 수 없는 여행 동반자.

그들은 나란히 누워서 아무 말 안한다. 마치 강물처럼 당신을 가로질러 가는 인생이 느껴진다. 현기증이 날 정도로 빠르게 빠져나가는 강물. 몸은 던져진 카누에…….

"몇 시지?"

점검을 하다니 이상한 여행이다. "오 내 사랑!" 그녀는 물에서 나온 것처럼 머리가 헝클어진 채 고개를 뒤로 젖히며 그에게 달라붙는다. 잠 또는 사랑에서 빠져나온 그녀는 바다에서 끌어내진 듯이 이마에는 머리카락 가닥이 붙어 있고, 얼굴은 초췌하다.

"몇 시야?"

아니, 왜? 시간이 시골 간이역처럼 뒤로 내쳐지면서 지나간다. 분分, 한 시간, 두 시간……. 붙잡을 길 없는 뭔가가 손가락

사이로 빠져나간다. 늙는 것, 그건 아무것도 아니다.

"나는 미래의 당신 모습이 아주 잘 상상돼. 머리는 백발일 테고, 나는 얌전히 당신의 친구로……."

늙는 것, 그건 아무것도 아니다.

하지만 이 순간이 망쳐지고, 이 고요함이 좀 더 뒤로 미뤄지면, 바로 그게 피곤한 일이다.

"당신의 고향 얘기 좀 해 줄래?"

"거기는……."

베르니스는 그게 불가능하다는 사실을 안다. 도시들, 바다들, 고향들, 모두 똑같다. 때로는 우리가 이해는 못 하면서도 짐작하고, 표현하지는 못하는 어떤 일시적인 양상.

그는 손으로 그 여인의 옆구리를 만진다. 육체가 방어하지 못하는 곳. 여인이란, 살아 있는 육체들 중 가장 깨끗하고 가장 부드러운 광채로 반짝인다. 그는 그 육체에 활기를 주고, 태양이나 내륙의 기후처럼 그 육체를 덥혀 주는 신비로운 생명을 생각해 본다. 베르니스는 그 육체가 다정하다거나 아름답다고 생각하는 것이 아니라, 미지근하다고 생각한다. 짐승처럼 미지근하다. 살아 있다. 그리고 항상 뛰고 있는 그 심장. 그 육체 속에 갇혀 있는 그 샘은 그의 샘과 다르다.

그는 자기 안에서 몇 초 동안 날개를 파닥대던 그 관능을 생각한다. 날개를 파닥대다가 죽어 버리는 그 미친 새. 그리고 이제는…….

이제는 하늘이 유리창에서 떨고 있다. 남자의 욕망으로 와해되고 폐위된 사랑이 있고 난 뒤의 여인이여! 차가운 별들 사이로 내던져진 여인. 마음의 풍경들은 그토록 빨리 변하여……욕망을 거치고, 애정을 거치고, 불의 강을 거친다. 이제는 몸으로부터 떨어져 나와 순수하고 차가워져서 어느 선박의 뱃머리에 있다. 바다로 나가려고…….

14

잘 정돈된 이 휴게실은 플랫폼과 흡사하다. 베르니스는 파리에서 특급열차 시간을 기다리며 황량한 시간을 보낸다. 그는 유리창에 이마를 대고 군중이 흘러가는 모습을 바라본다. 그 강줄기로 인해 그는 거리를 두고 보게 된다. 사람들은 저마다 계획을 세우고 서두른다. 줄거리들이 짜이고 그와 상관없이 전개될 것이다. 여인이 지나가더니 겨우 열 발자국 가서는 그 시간으로부터 빠져나간다. 그 군중은 당신에게 눈물과 웃음을 양분으로 제공하는 살아 있는 질료였고, 이제는 죽은 자들의 질료나 마찬가지다.

제3부

COURRIER SUD

1

    유럽과 아프리카는 여기저기서 마지막 폭풍우들을 처분하면서 아주 잠깐 사이에 밤을 맞이할 채비를 했다. 그라나다의 폭풍우는 잠잠해졌고, 말라가의 폭풍우는 비가 되어 해소됐다. 몇 군데에서는 돌풍이 아직도 나뭇가지에 들러붙어서 마치 머리카락들에 달라붙은 듯 휘날리게 했다.

    툴루즈, 바르셀로나, 알리칸테는 우편 항공기를 급히 보내고 나서 부속품을 정리했고, 비행기를 들여놓고 격납고를 닫았다. 우편 항공기가 낮에 도착하기를 기다리던 말라가는 조명

등 켤 준비를 할 필요가 없었다. 게다가 우편 항공기는 착륙하지 않을 것이다. 그 비행기는 아마도 아주 낮게 탕헤르 쪽으로 비행을 계속할 것이다. 오늘도 아프리카 해안은 쳐다보지도 않고 나침반만 보며 20미터 높이에서 해협을 건너야 할 것이다. 서풍이 막강하여 바다가 패였다. 짓눌린 파도들이 하얗게 되었다. 모든 선박이 닻에 매여 있고, 뱃머리는 바람을 맞고 있으며, 난바다에 있을 때처럼 대갈못마다 애를 쓰고 있었다. 동쪽에서 지브롤터 바위산 주위로 저기압이 형성되어 비가 양동이 가득 퍼붓듯 쏟아지고 있었다. 서쪽에서는 구름들이 한 층 정도 올라가 있었다. 바다 반대편에서는 탕헤르가 비를 맞으며 연기를 뿜어 대고 있었고, 너무나 세찬 비가 그 도시를 씻어 내고 있었다. 지평선에는 뭉게구름이 엄청나게 많았다. 그렇지만 라라슈 쪽으로는 하늘이 깨끗했다.

카사블랑카는 맑은 하늘 아래서 숨을 쉬었다. 점점이 있는 범선들이 전투를 치르고 난 뒤처럼 항구를 나타내고 있었다. 폭풍이 갈아엎어 놓은 바다에는 이제 부채처럼 펼쳐져 있는 길고 고른 주름밖에 없었다. 황혼녘에는 밭들이 물처럼 깊은 초록빛을 더 강렬하게 띠는 것 같았다. 도시는 여기저기 아직도 젖은 광장들로 번쩍거리고 있었다. 발전 장치 바라크*에서는 전기 기사들이 한가로이 기다리고 있었다. 아가디르의 전기 기사들은 출동하려면 아직 네 시간 남았으므로 시내에서 저녁 식사를 하고 있었다. 포르테티엔, 생루이, 다카르의 전기 기사들은 잠을 자도 되는 시간이었다.

저녁 8시, 말라가로부터 무선 전신이 왔다.

"우편기 무착륙 통과."

카사블랑카에서는 조명등이 잘 켜지나 시험해 봤다. 깜깜한 밤에 항공 표지 유도등이 직사각형 한 조각만큼 빨간색으로 비추었다. 유도등이 여기저기서 이가 빠진 듯 빠져 있었다. 이어서 두 번째 스위치가 켜져서 표지등에 연결되었다. 그것들이 벌판 한가운데다 빛을 쏟아 붓자 우유 웅덩이처럼 보였다. 이제 뮤직홀 배우만 빠져 있는 것 같았다.

반사경이 이동되었다. 그러자 보이지 않는 빔이 젖은 나무를 포착했다. 그 나무는 수정처럼 가까스로 번쩍거렸다. 이어서 어마어마하게 중요해진 하얀 바라크의 그림자들이 돌더니 그 바라크가 사라져 버렸다. 마침내 그 광채는 다시 내려와 자기 자리를 찾고는 비행기를 위해 하얀 가마를 만들어 놓았다.

---

* 군인이 주둔할 수 있도록 만든 건물 또는 가건물.

"좋아, 스위치를 꺼." 우두머리가 말했다.

그는 사무실로 올라가서 마지막 서류를 들여다보고는 넋이 나간 듯 전화기를 응시했다. 라바트*에서 곧 전화할 것이다. 모든 것이 준비되었다. 정비공들이 양철통이나 나무 상자 위에 걸터앉았다.

아가디르에서는 이 일에 관해 아무것도 알지 못하고 있었다. 그곳 계산에 따르면 우편 항공기는 카사블랑카를 벌써 떠났어야 했다. 그들은 혹시나 비행기가 오는지 살피고 있었다. 금성을 비행기 전조등으로 착각한 것이 열 번쯤 되었고, 그저 북쪽에서 오는 것일 뿐이던 북극성에 대해서도 마찬가지로 그랬다. 그들은 별 하나가 더 생기기를, 그 별이 별자리들 사이에서 자리를 찾지 못해 헤매는 것이 보여서 조명을 작동시키게 되기를 기다리고 있었다.

비행장 담당 팀장은 당혹스러워했다. 여기서도 출발 신호를 주게 될까? 그는 남쪽에 낀 안개를 염려했다. 어쩌면 일시적인 강인 눈Noun까지 뻗어 있을지 모르고, 심지어 쥐비까지 뻗어

---

* 모로코의 수도. 대서양 해안에 위치해 있으며, 탕헤르와 지브롤터 해협으로부터 남서쪽으로 240킬로미터, 카사블랑카로부터는 북동쪽으로 87킬로미터 떨어져 있다.

있을지도 모르니까. 쥐비는 무선 전신 호출에도 불구하고 아무 연락이 없는 상태다. 야간에 게다가 솜뭉치 같은 이런 하늘에다 '프랑스-아메리카' 우편 항공기를 띄울 수는 없다! 그러한 데다가 사하라 기지는 그로서는 여전히 알 수 없는 곳이었다.

그렇지만 쥐비에서는 우리가 세상으로부터 고립되어 있었으므로, 마치 선박처럼 조난 신호를 보냈다.

"우편기, 소식을 전하라, 우편기……."

같은 질문을 자꾸 해 대어 우리를 짜증나게 하는 시스네로스에는 더는 대답하지 않았다. 그래서 천 킬로미터 떨어져 있는 우리는 밤의 허공에다 대고 서로에 대한 불평만 내뱉고 있었다.

20시 50분, 모든 긴장이 풀렸다. 카사블랑카와 아가디르가 서로 전화 연락이 닿을 수 있게 된 것이다. 우리의 무선 통신도 마침내 연결되었다. 카사블랑카가 말을 했고, 그들의 말 한마디 한마디가 다카르에까지 반복해서 전달되었다.

"우편기 22시에 아가디르로 출발 예정."

"아가디르에서 쥐비에게: 우편기가 자정 30분 아가디르에 도착 예정. 계속 그쪽으로 보내도 되는지?"

"쥐비에서 아가디르에게: 안개. 환해질 때까지 기다릴 것."

"쥐비에서 시스네로스, 포르테티엔, 다카르에게: 우편기 아가디
르에서 유숙 예정."

조종사는 카사블랑카에서 비행 일지에 서명하였고 램프 아
래서 눈을 찡긋했다. 그렇게 윙크해 봤자 매번 조촐한 것만 얻
을 뿐이었다. 때때로 베르니스는 땅과 물의 가장자리로 그를 안
내해 줄 파도들의 하얀 잔해가 있다는 사실을 행복으로 여겨야
만 했다. 그 사무실에서는 사물함, 하얀 종이, 두터운 가구들이
눈에 띄었다. 자신의 물질들로 꽉 들어찬 넉넉한 세계였다. 문
틀 바깥에는 밤에 의해 텅 비어 버린 세계……

그는 열 시간 동안 뺨에 바람 마사지를 받은 탓에 얼굴이 빨
개져 있었다. 머리카락에서는 물방울이 흘렀다. 하수도 청소부
가 지하에서 올라올 때처럼 그는 무거운 장화, 가죽옷, 이마에
달라붙은 머리카락 차림으로 밤으로부터 빠져나와서 끈질기게
눈을 깜박거렸다. 그는 갑자기 멈추며 말했다.

"저……. 나에게 비행을 계속하게 할 생각인 거요?"

비행장 팀장이 퉁명스러운 기색으로 서류를 뒤적였다.

"그저 지시대로 하면 되오."

팀장은 자기가 그 출발을 요구하지 않으리라는 것을, 조종사

쪽에서는 자기가 떠나겠다고 요구하리라는 사실을 이미 알고 있었다. 그러나 각자 자신만이 그 결정을 내릴 수 있다는 점을 스스로에게 증명해 보이고 싶었던 거다.

"내 눈을 가리고 나를 가스 핸들이 달린 붙박이장 속에 가둬 보시오. 그리고 그 가구를 아가디르로 옮기라고 요구하시오. 당신이 내게 하라는 게 바로 그런 거요."

그에게는 마음속 생각이 너무 많아서 단 1초도 개인적인 사고를 할 수가 없었다. 그런 생각은 마음이 비어 있을 때나 찾아드는 법이지만, 그 붙박이장 이미지가 그를 매료시켜서 그렇게 말한 거다. 불가능한 일들이 있긴 하지만, 그래도 어쨌든 그는 해낼 것이다.

비행장 팀장은 피우던 담배를 밤의 허공 속으로 던져 버리려고 문을 살짝 열었다.

"저런! 보이는군……."

"뭐가요?"

"별들."

그러자 조종사는 화가 치밀었다.

"그 별들에는 관심 없어요. 저런, 별이 세 개나 보이는군요. 팀장님이 저를 보내려는 곳은 화성이 아닙니다, 아가디르죠."

"달은 한 시간 뒤면 뜰 거요."

"달······. 달이라······."

그 달 얘기에 베르니스는 더욱 화가 치밀었다. 야간에 비행하기 위해 달을 기다렸다가 하곤 했나? 내가 아직 문하생인 줄 아나?

"좋아요, 알았소. 그럼! 그냥 있으시오."

조종사는 차분해졌고, 엊저녁에 만든 샌드위치를 꺼내서 평화로이 씹었다. 그는 20분 뒤면 출발할 것이다. 비행장 팀장이 미소 짓고 있었다. 그는 오래지 않아 이륙 신호를 보내리라는 사실을 알고는 전화기를 두드리고 있었다.

이제 모든 것이 준비되었는데, 구멍이 하나 있었다. 때로는 그런 식으로 시간이 멈춘다. 조종사는 조종석에 앉아 앞쪽으로 몸을 숙이고, 기름으로 시커먼 손들은 무릎 사이에 둔 채 꼼짝 않고 있었다. 그의 시선은 자신과 벽 사이에 있는 점 하나에 고정되었다. 비행장 팀장은 비스듬히 앉아 입을 벌리고 있어서 비밀스러운 신호를 하나 기다리는 듯 보였다. 타이피스트는 하품을 하고 주먹으로 턱을 괴었더니, 몸 안에서 졸음이 마치 용적이 있는 물체처럼 생겨나는 것을 느꼈다. 모래시계는 분명히 흐르고 있었을 거다. 그 기계 장치를 다시 작동시키려고 마지막 손질을 하며 지른 외침 소리가 멀리서 들려왔다. 비행장 팀장이 손가락 하나를 들어 올렸다. 조종사는 미소 짓고 나서, 일어서서 가슴에 새 공기를 채웠다.

"아! 그럼 안녕히."

그런 식으로 때로는 필름이 끊긴다. 갑자기 아무것도 움직이지 않고, 가사 상태처럼 1초 1초 매순간 더 위중해지고, 그러고 나서는 삶이 다시 출발한다.

우선 그는 이륙하는 것이 아니라, 바다 소리에 얻어맞듯 모터 소리에 얻어맞은 축축하고 차가운 동굴 속에 갇히는 것만 같았다. 그러고 나서는 별것 아닌 것으로부터 도움을 받는 느낌이 들었다. 낮에는 구릉의 둥그런 산등성이, 만灣의 선線, 푸른 하늘 등이 당신을 포함한 세계를 구축한다. 하지만 그는 모든 것의 바깥에 놓여 있고, 형성 중인 세계에 있었으며, 그 세계에서는 요소요소들이 아직 뒤섞여 있는 상태로 있다. 아래쪽에서 유리창처럼 그를 밝혀 주던 마지막 도시들, 즉 마자간, 사피, 모가도르 같은 도시들을 평원이 데리고 가면서 줄행랑치고 있다. 그러고 나자 마지막 농가들이 반짝이는데, 육지의 경계에 있는 마지막 불들이다. 그러다 갑자기 눈이 먼 듯 아무것도 안 보인다.

"좋아! 이제 궁핍 속으로 돌아가는군."

그는 경도표시기와 고도계에 주의를 기울이며 구름에서 빠져나오려고 비행기가 하강하도록 놔둔다. 전구의 약한 붉은 빛 때문에 눈이 부셨다. 그는 그 전구를 꺼 버렸다.

"좋아, 이제 빠져나왔어. 하지만 아무것도 보이지 않는군."

작은 아틀라스산맥의 첫 꼭대기들이 되는 대로 흘러가는 빙산처럼 두 물줄기 사이로 보이지도 않은 채 조용히 지나갔다. 그는 그 정상들이 자기 어깨 반대쪽에 있다는 사실을 간파했다.

"음, 잘못되었군."

그는 뒤를 돌아보았다. 유일한 승객인 정비공이 무릎에 손전등을 켜 놓고서 책을 읽고 있었다. 숙이고 있는 머리만 뒤집혀 있는 그림자와 함께 드러나 보였다. 그 머리는 초롱처럼 안에서 밝혀 주고 있어서 이상해 보였다. 그는 소리쳤다. "어이!" 하지만 그의 목소리는 묻혀 버렸다. 그는 주먹으로 금속판 위를 두드렸다. 불빛에서 솟아 나와 있는 정비공은 여전히 책을 읽고 있었다. 책장을 넘길 때 그의 얼굴은 황폐해 보였다. "어이!" 베르니스가 다시 소리 질렀다. 팔 둘을 이어 놓은 거리만큼 떨어져 있는 그 남자에게 접근하기란 불가능했다. 베르니스는 소통을 포기하고 앞쪽으로 돌아갔다.

'기르 만灣으로 접근하고 있나 보네, 정말 큰일 났군……. 아주 안 좋아.'

그는 곰곰 생각해 본다.

'바다로 너무 나와 있나 보다.'

그는 나침반을 보며 항로를 수정했다. 이상하게도 오른쪽 방향의 난바다에 내팽개쳐진 듯 느껴졌다. 마치 불안해하는 암말이 된 듯했고, 산들이 그의 왼쪽에서 실제로 그를 짓누르기라도 하는 것만 같았다.

'비가 오나 보네.'

그가 손을 뻗치자 비가 툭툭 떨어지는 것이 느껴졌다.

'나는 20분 뒤면 해안으로 다시 돌아갈 테고, 평원이 펼쳐질 테고, 그러면 덜 위험할 테고…….'

그런데 갑자기 어찌나 환해지던지! 구름이 깨끗이 걷힌 하늘, 모두 깨끗이 닦여서 새로워진 별들. 달은…… 달, 전등 중에서 가장 좋은 전등! 아가디르 비행장은 전광 간판만큼 밝을 것이다.

'그 빛은 관심 없다! 나한테는 달이 있으니!'

2

쥐비 만의 새벽이 커튼을 들어 올렸는데, 내게는 무대가 텅 빈 것만 같았다. 그림자도 없고, 배경도 없는 무대 장식. 언제나 제자리에 있는 모래 언덕, 에스파냐 보루, 사막. 초원이나 바다에서는 심지어 고요한 날씨에도 자잘한 움직임이 일어 풍요를 가져다주는데, 거기에는 그런 움직임이 없다. 그래도 느린 대상隊商의 유목민들은 모래 알갱이의 변화를 알아챘고, 저녁이면 손대지 않은 장식 속에다 텐트를 쳤다. 내가 조금만 돌아다녔어도 사막의 그 방대厖大 무변無變을 느낄 수 있었으리라. 하지만 그 변함없는 풍경이 착색 석판화처럼 사유를 한정해 놓았다.

이 우물에게 3백 킬로미터 떨어져 있는 우물이 호응했다. 겉보기에는 같은 우물, 같은 모래, 똑같이 배열된 바닥 주름들. 하지만 거기에서는 바로 사물들의 짜임새가 새로웠다. 바다에서 같은 거품이 매초마다 그러하듯 새로워진 짜임새. 나는 두 번째 우물에 가면 고독을 느꼈을 테고, 그 다음 우물에서는 그곳의 반목이 정말로 수수께끼였을 것이다.

낮이 아무 사건 없이 그냥 흘러갔다. 천문학자들이 보는 태양의 운행과 같았다. 태양으로서는 몇 시간 동안 지구의 복부를 보는 시간이었다. 여기서는 인류가 언어에게 약속한 보증을 서서히 잃어 갔다. 말은 그저 모래를 담고 있을 뿐이었다. '애정', '사랑'처럼 아주 묵직한 말들도 우리 마음에서 무게가 전혀 없었다.

아가디르에서 5시에 출발했으니 너는 착륙했어야 할 텐데.

"아가디르에서 5시에 출발했으니, 그는 착륙했어야 할 텐데."

"그래, 이 친구야, 그래……. 그런데 남동풍이잖아……."

하늘이 누렇다. 몇 시간 뒤면, 북풍이 몇 달에 걸쳐 형성해 놓은 사막을 다른 바람이 뒤엎어 버릴 것이다. 무질서한 날들이다. 비스듬히 붙잡힌 모래 언덕들이 모래를 긴 머리카락 모양으로 자아 놓으면, 그 가닥들 각각이 풀어지더니 좀 더 멀리 가서 다시 가닥들이 만들어진다.

들어 본다. 아니다. 이건 바다 소리다.

운항 중인 우편 항공기는 아무것도 아니다. 아가디르와 쥐비 만 사이에서, 아직 아무도 가 보지 않은 그 분리파들의 상공에서, 동료 하나가 그 어디에도 없으니 말이다. 조금 뒤 우리의 하늘에는 움직이지 않는 신호 하나가 생겨난 듯 보일 것이다.

"아가디르에서 5시에 출발했는데……."

그들은 비극이 생긴 건 아닐까 막연히 생각해 본다. 고장 난 우편 항공기, 그것은 기다림이 연장되는 것일 뿐 아무것도 아니다. 서로 신경질을 내다가 싸움으로 번지기도 하는 격론일 뿐 아무것도 아니다. 그러고 나면 시간이 느릿느릿 가고, 자잘한 동작들이나 뚝뚝 끊어지는 말로는 제대로 채워지지 않는데…….

그러다 갑자기 탁자를 주먹으로 쾅 치기도 한다. "맙소사! 열 시간이나…….″라는 말에 사람들이 일어서는데, 동료 하나가 무어인들에게 붙잡혀 있다는 소식이다.

무선 전신 오퍼레이터가 라스팔마스와 교신한다. 디젤 기관이 요란하게 헐떡댄다. 교류 발전기가 터빈처럼 부르릉거린다. 방전될 때마다 움직임이 나타나는 전류계를 그는 뚫어져라 바라본다.

나는 서서 기다린다. 비스듬히 있는 남자가 내게 왼손을 뻗고, 오른손으로는 여전히 작업을 한다. 그러더니 그가 소리친다.

"뭐라고요?"

나는 아무 말 하지 않았다. 20초가 지나간다. 그는 또 소리치는데, 나는 듣지 못하고, 그저 "아 그래요?"라고 한다. 내 주변의 모든 것이 번쩍거리고, 살짝 열린 덧창 사이로 태양 빛줄기

하나가 스며든다. 디젤 구동축들이 젖어서 광채를 내고, 그 빛 줄기를 휘저어 댄다.

마침내 오퍼레이터는 대번에 내 쪽으로 몸을 돌리더니 헤드 세트를 벗는다. 모터가 재채기를 하더니 멈춘다. 마지막 말들이 내게 들린다. 그러고 나서 아무 소리도 안 나자, 그가 놀라서 내 게 소리친다. 마치 내가 1백 미터는 떨어져 있기라도 한 것처럼.

"······ 전혀 아랑곳하지 않는데요!"

"누가요?"

"그들이요."

"아! 그래요? 아가디르와 교신할 수 있나요?"

"그럴 수 있는 시간이 아닌데요."

"그래도 해 보세요."

나는 메모지 철에다 휘갈겨 적는다.

'우편기 미도착. 시간 착오? 이륙 시간 확인 요망.'

"그들에게 이렇게 전하시오."

"알았어요. 연락할 게요."

소동이 다시 시작된다.

"그래서?"

"……리세요."

나는 산만해지고 몽상에 빠진다. 그는 '기다리세요.'라고 말하고 싶었던 거다. 그 우편기를 누가 조종하는 걸까? 그렇게 공간 바깥에, 시간 바깥에 있는 사람이 바로 너, 자크 베르니스인 거니?

오퍼레이터가 모인 사람들을 입 다물게 하고는 커넥터를 연결하고 헤드 세트를 다시 쓴다. 그는 연필로 탁자를 두드리더니 시간을 보고는 금세 하품한다.

"고장 났다고요? 왜?"

"내가 어떻게 알겠어요!"

"그래요. 아…… 아무것도. 아가디르에서 못 들었나 봅니다."

"다시 해 볼 거죠?"

"다시 해 보겠습니다."

모터가 덜덜거린다.

아가디르는 여전히 아무 말 없다. 우리는 이제 그곳 목소리가 혹시 들릴까 봐 지켜보고 있다. 만약 아가디르에서 다른 곳과 얘기하게 되면 우리가 그들 얘기에 끼어들 작정이다.

나는 앉는다. 할 일도 없고 해서 수화기를 들었다가 새들의 소란스러움으로 가득한 범선 소리를 듣게 되었다.

긴 소리, 짧은 소리, 너무 빠르게 떨리는 소리, 나는 이 언어를 잘 해독하지 못하는데, 황량한 줄만 알았던 하늘에서 얼마나 많은 소리가 드러난 건지!

세 기지에서 말을 했다. 한 곳은 입 다물고, 다른 곳은 춤추기 시작한다.

"이거요? 보르도의 자동식 무선 통신입니다."

멀리서 들리는 날카롭고 급한 룰라드*. 더 묵직하고, 더 느릿한 소리.

"그럼 이건요?"

"다카르."

애석해하는 음색. 그 소리는 입 다물다가 다시 해 보고, 다시 입 다물고, 또다시 시작한다.

"……. 런던을 호출하는 바르셀로나, 대답 없는 런던."

생타시즈의 아주 먼 어디선가 뭔가를 얘기하는데 들릴락 말락 한다.

---

* 두 음 사이의 빠르고 연속적인 장식음.

사하라에서 이 무슨 만남인지! 새처럼 조그마한 목소리로 비밀을 교환하는 수도들, 온 유럽이 다 모였다.

굉음이 가까이서 울려 댔다. 스위치를 끄자 소리들이 침묵 속에 푹 잠긴다.

"아가디르였소?"

"네, 아가디르."

왜 그러는지 모르겠지만, 오퍼레이터는 여전히 시계를 뚫어져라 보면서 호출을 해 댄다.

"아가디르에서 들었소?"

"아닙니다. 거기서는 카사블랑카에 말하고 있어요. 이제 알게 될 겁니다."

우리는 천사의 비밀을 불법 도청하는 거다. 연필이 망설이다가 낙심하고, 철자 하나를 고정시키더니 이어서 둘, 그 다음에는 열 개의 철자를 빠르게 적는다. 단어들이 형성되고, 활짝 피어나는 것만 같다.

'카사블랑카를 위한 주의사항…….'

빌어먹을! 우리가 아가디르와 교신하려는 것을 테네리페 섬에서 방해하는군! 테네리페의 어마어마한 목소리가 수화기들을 채운다. 그러더니 그 소리가 뚝 멈춘다.

"……륙 6시 30분. 이륙 시각은……."

침입자 테네리페가 우리를 또 밀쳐 낸다.

그래도 이제는 꽤 많은 걸 알게 되었다. 6시 30분에 우편기가 아가디르로 돌아간 거다. 그리고 7시에나 다시 출발했을 텐데……. 늦지 않은 거다.

"고마워요!"

3

자크 베르니스, 이번에는 네가 도착하기 전에 네가 어떤 사람인지 밝히려 한다. 어제부터 무선 통신들이 위치를 정확히 추적하고 있는 너! 너는 규정에 따라 여기서 20분을 보내게 될 테고, 나는 너를 위해 통조림통 하나와 포도주 병 하나를 따서 줄 테지. 그리고 너는 우리에게 사랑이나 죽음 같은 진짜 문제들에 관해서는 아무 얘기도 하지 않고 바람의 방향, 하늘의 상태, 모터 등에 관해서만 얘기할 테지. 정비공이 재치 있는 말을 하면 너는 웃어 댈 테고, 덥다고 툴툴댈 테지. 우리 중 아무하고나 비교해도 다를 것 없는 너…….

나는 네가 어떤 비행을 하고 있는지 말하련다. 네가 어떻게 겉모습들을 들쳐 올리는지, 우리와 나란히 걷는 너의 발걸음은 우리의 발걸음과 왜 같지 않은지.

우리는 어린 시절을 함께 보냈다. 추억 속에서 무너져 가고 담쟁이덩굴이 덮인 그 낡은 담벼락이 갑자기 떠오르는구나. 우리는 대담한 아이들이었다. "왜 무서워하는 거니? 문을 밀쳐……."

담쟁이덩굴이 덮이고 무너져가는 낡은 담벼락. 햇빛에 마르고, 햇빛이 스며들고, 햇빛으로 빚어진 담벼락, 명백한 것으로 빚어진 담벼락. 도마뱀들이 이파리 사이에서 바스락거리는 소리를 냈다. 우리는 죽음이나 마찬가지인 도피의 이미지까지 벌써부터 좋아하면서, 도마뱀을 뱀이라고 불렀다. 담벼락 이쪽의 돌은 전부 달걀처럼 품어진 듯 따뜻했고 달걀처럼 동그랬다. 땅뙈기마다, 잔가지마다 드러내 주는 것은 온통 신비로움이었던 태양이었다. 담벼락 이쪽에서는 시골식 여름이 풍요 속에서, 충만 속에서 군림하고 있었다. 종탑 하나가 우리 눈에 들어왔다. 탈곡기 소리가 들렸다. 하늘의 파란색이 모든 허공을 채우고 있었다. 농부들은 밀을 베었고, 성당의 사제는 자신의 포도밭에 소독용 황산구리 용액을 뿌렸고, 친척들은 거실에서 브리지 게임을 하고 있었다. 태어나서 죽을 때까지 60여 년 동안 그 태양을 보관하며 그 밀들과 그 거주지를 이용했던 사람들의 이름을 우리는 입에 올렸고, 우리와 함께 있는 그 세대들을 '근위대'라고 이름 붙이곤 했다. 왜냐하면 우리는 무시무시한 두 대양 사이에서, 과거와 미래 사이에서 가장 위협받고 있는 섬에 있다는 사실이 좋았기 때문이다.

"열쇠를 돌려 봐……."

낡은 배처럼 빛바랜 녹색의 그 작은 문을 밀치고 들어가는 것이 아이들에게는 금지되어 있었다. 바다에 있는 낡은 닻처럼 세월로 인해 녹슨 그 거대한 자물쇠를 아이들은 만지지 못하게 돼 있었던 거다.

노천 저수조가 있으므로 우리를 염려하여 그랬나 보다. 늪에 빠진 아이에 대한 공포 같은 거였다. 그 문 뒤에는 그 저수조 물이 있었는데, 우리는 그 물이 천 년 전부터 움직이지 않는다는 말을 종종 했고, 고인 물 얘기를 들을 때마다 그 저수조 물이 떠올랐다. 아주 조그맣고 동그란 이파리들이 그 물에 초록색 천으로 만든 옷을 입혔다. 우리는 거기다 돌을 던져서 구멍을 냈다.

오래되고 햇빛의 무게로 그토록 묵직한 나뭇가지 아래는 얼마나 시원했던지. 그 어떤 빛줄기도 두덩의 연한 잔디를 누렇게 만들지 못했고, 그 소중한 천을 건드리지도 못했다. 우리가 던졌던 조약돌은 하늘의 별처럼 자신의 운행을 시작했다. 우리에게는 그 물에 바닥이 없는 것 같았기에 그렇게 여겨졌던 것이다.

"앉자……." 그 어떤 소리도 우리에게 닿지 않았다. 우리는 우리의 육체를 새롭게 해 주는 신선함, 향기, 습기를 맛보았다. 우리는 세계의 끝에서 헤매었던 것이다. 왜냐하면 우리는 여행이란 무엇보다 기존의 육체를 새로운 육체로 바꾸는 것임을 알고 있었으니까.

"여기는 세상의 반대쪽 면인 듯……."

그토록 자신만만하던 여름의 이면裏面, 그 시골의 이면, 우리를 포로로 잡아 두던 그 얼굴들의 이면. 우리는 그 강요된 세계를 증오하고 있었다. 저녁 시간이면 우리는 진주들을 만지고 오는 인도 잠수부처럼 비밀로 무거워져서 집으로 돌아갔다. 해가 기울어지고 식탁보가 장밋빛이 되는 순간이면 우리를 힘들게 하는 말이 들렸다.

"낮이 길어지네……."

우리는 그 상투적인 말, 계절과 휴가와 결혼과 죽음으로 이루어진 그 삶에 다시 붙잡히는 것을 느끼곤 했다. 삶의 표면에서 헛되이 벌어지는 그 모든 소란스러움.

도피, 우리에겐 그것이 중요했다. 열 살 때 우리는 고미다락에서 피난처를 발견했다. 죽은 새, 배가 갈라진 낡은 여행용 가방, 기이한 옷, 인생이라는 무대 뒤 같다고나 할까. 숨겨져 있다고 우리가 말하곤 했던 보물, 동화 속에 정확히 묘사되어 있는 고택古宅의 보물인 사파이어, 오팔, 다이아몬드. 희미하게 반짝이던 그 보물. 각 벽과 각 들보의 존재 이유였던 그 보물. 뭔지 모를 것에 맞서서 집을 수호하던 그 거대한 들보들. 그렇다, 그 들보들은 시간에 맞서서 집을 수호했던 것이다. 우리에게 시간은 굉장한 적이었으니까. 우리는 전승傳承을 통해 시간의 흐름에 맞서 우리 자신을 지켜 내곤 했다. 과거에 대한 숭배. 거대한 들보들. 하지만 우리만이 그 집이 선박처럼 진수되었다는 사실을 알고 있었다. 선박의 선창과 화물창을 드나들 듯 그 집을 돌아다녔던 우리만이 집 어디에서 물이 새어 들어오는지 알았다. 새들이 죽으려고 미끄러져 들어오는 지붕 구멍을 우리는 알고 있었다. 우리는 보꾹의 도마뱀들을 하나하나 다 알았다. 저 아래 거실에서는 손님들이 담소를 나누고 있었고, 예쁜 여인들이 춤을 추었다. 얼마나 기만적인 안전인지! 아마 술이 대접되었을 것이다. 흑인 시종들, 흰 장갑들. 오 덧없어라! 그런데 우리는 그 위에서 지붕의 균열 사이로 푸른 밤이 스며드는 모습을 바라보고 있었다. 아주 조그만 그 구멍으로 별 하나만 우리에게 떨어졌다. 온 하늘로부터 우리를 위해 걸러진 별. 그런데 그것은 아프게 만드는 별이었다. 거기서 우리는 몸을 돌렸다. 바로 그 별이 우리를 죽게 만드니까.

우리는 소스라치곤 했다. 사물들이 알 수 없는 일을 하기 때문이다. 보물 때문에 부서진 들보들. 우지끈거릴 때마다 우리는 목재를 살펴보곤 했다. 모두가 자신의 낱알을 내어 줄 준비가 된 깍지일 뿐이었다. 사물들의 그 늙은 껍데기 안에는 다른 것이 들어 있음을 우리는 의심치 않았다. 그것이 그저 그 별, 또는 단단한 작은 다이아몬드일지라도……. 언젠가 우리는 북쪽이나 남쪽을 향해 걸어가거나, 또는 우리 자신 안으로 걸어갈 것이다. 그것을 찾으러……. 도피하는 거다.

잠자게 만드는 그 별이 자신을 가리던 슬레이트를 돌자, 그별은 어떤 표적처럼 명확해졌다. 그러면 우리는 반쯤 잠든 상태의 그 대단한 여행을 위해서 세계에 대한 지식을 갖고 침실로 내려왔다. 우주 공간에서 빛의 촉수가 우리에게 도달하려고 천 년 동안 푹 빠지듯이 신비로운 돌이 물 사이로 끝없이 흐르는 세계, 바람에 우지끈거리는 집이 선박처럼 위협받는 세계, 보물이 알 수 없이 밀쳐 대서 사물들이 부서지는 세계…….

"거기 앉아. 네 비행기가 고장 난 줄 알았어. 마셔. 네 비행기가 고장 난 줄 알고 내가 너를 찾으러 출발하려던 참이야. 비행기가 이미 활주로에 있어. 봐. 이투사 부락민들이 이자르구앵 부락민들을 공격했대. 나는 네가 그 소동에 말려든 줄 알았어, 두려웠어. 마셔. 뭘 좀 먹을래?"

"그냥 떠날게."

"5분 남았어. 날 좀 봐. 주느비에브와 무슨 일이 있었던 거야? 왜 웃는 거지?"

"아! 아무것도 아냐. 방금, 비행기 안에서 오래된 노래 하나가 떠올랐어. 그러더니 갑자기 내가 아주 젊어진 듯 느껴졌지……."

"그런데 주느비에브는?"

"더는 모르겠어. 그냥 갈게."

"자크……. 대답해……. 그녀를 다시 봤어?"

"응……." 그는 망설였다. "툴루즈로 다시 내려가다가 그녀를 또 보려고 길을 돌아갔는데……."

자크 베르니스는 그간 겪은 일을 내게 들려주었다.

4

그것은 시골의 작은 역이라기보다는 비밀 문이었다. 그 문은
겉보기에는 들판 쪽으로 나 있었다. 평온한 검표원을 지나고
나면 이상할 것 하나도 없는 하얀 길, 시냇물, 찔레꽃들로 이어
졌다. 역장은 장미꽃들을 돌보았고, 역무원은 텅 빈 수레를 밀
고 가는 척했다. 그렇게 위장하면서 비밀스러운 세계의 관리인
셋이서 감시를 하고 있었던 거다.

검표원이 표를 톡톡 두드리며 말했다.

"당신은 파리에서 툴루즈로 가는데, 왜 여기서 내리시는
거죠?"

"다음 기차로 계속 가려고요."

검표원이 그를 훑어보았다. 검표원은 그에게 길, 시냇물, 찔
레꽃을 내주지 않으려고 망설였던 것이 아니다. 마법사 멀린*

---

* 켈트 신화에서 기원된 아서왕 이야기에 나오는 인물로서, 인간 어머니와 악마 아
버지 사이에서 태어났고 변신의 귀재다.

이후로 겉모습을 꿰뚫을 수 없게 된 왕국을 내어주기 망설이는 거였다. 그는 오르페우스 이래 여행하는 데 필요한 세 가지 덕목인 용기, 젊음, 사랑을 베르니스에게서 마침내 읽어 냈던 것 같다.

"지나가세요."라고 그는 말했다.

그저 눈속임으로만 있는 것 같은 그 역을 특급 열차들이 질주해 지나갔다. 그 역은 가짜 종업원, 가짜 음악가, 가짜 바텐더들로 장식된 알 수 없는 작은 술집 같았으니까. 완행열차에서 삶의 속도가 늦춰지고, 의미가 바뀌는 것을 베르니스는 이미 느꼈었다. 이제는 짐수레에서 농부 곁에 앉아 우리로부터 더욱 멀어지고 있었다. 그는 미스터리 속으로 빠지고 있었다. 옆의 농부는 서른 살 때부터 온통 주름투성이가 되어 더는 늙지 않았다. 그가 밭을 가리키며 말했다.

"참 빨리도 자라요!"

우리에게는 보이지 않는 그 엄청난 서두름, 태양을 향한 밀들의 경주!

우리는 훨씬 멀리 있고 더 분주하고 더 비참하다는 것을 베르니스가 깨달았을 때, 농부가 담벼락 하나를 가리키며 말했다.

"저것은 제 할아버지의 할아버지가 지으셨어요."

베르니스는 영원한 담, 영원한 나무를 벌써 만지는 것 같았다. 도착을 짐작했던 것이다.

"여기가 그 집 땅입니다. 내가 여기서 기다려야 할까요?"

물속에 잠들어 있는 전설의 왕국, 거기서 베르니스는 단 한 시간 만에 늙어 버려서 1백 년을 통과하게 될 것이다.

바로 그날 저녁, 오르페우스, 잠자는 숲속의 공주로부터 우리를 세계로 다시 데려오는 그 지그재그식 도피를 수레, 완행열차, 특급 열차가 그에게 허락할 것이다. 그는 창백한 뺨을 차창에 기대고 툴루즈로 향하는 다른 여행객들과 똑같아 보일 것이다. 하지만 그는 말로 할 수 없는 추억을 마음 깊은 곳에 지니리라. '달빛 색깔', '시간의 색깔'.

이상한 방문이었다. 탄성을 지르지도 않았고, 놀라워하지도 않았다. 길에서는 소리가 무디었다. 그는 예전처럼 울타리를 펄쩍 뛰어넘었다. 풀이 오솔길까지 자라 있었다……. 아! 그게 유일한 차이다. 집이 나무들 사이에서 하얗게 보였는데, 꿈에서처럼 건너갈 수 없는 거리에 있는 듯 보였다. 목적지에 도달하려는 순간, 신기루인 걸까? 그는 넓적한 돌들로 된 현관 계단을 올라갔다. 그 현관은 선線들의 믿을 만한 편안함과 더불어 필요에 의해 생겨났다.

"여기서는 아무것도 위조되지 않았어……." 현관은 어두웠다. 의자 위에는 하얀 모자가 놓여 있는데, 그녀의 것일까? 참으로 사랑스러운 무질서다. 내팽개쳐버리는 무질서가 아니라 거기 있음을 표시하는 똑똑한 무질서다. 그 무질서는 움직임의 흔적을 아직 간직하고 있다. 탁자에 기대고 있던 손을 들어서 막 뒤로 빼낸 의자. 그는 그 동작이 보였다. 펼쳐져 있는 책 한 권. 방금 누가 그 책을 읽다 간 걸까? 왜? 아마도 마지막 문장이 아직 의식 속에서 노래하고 있겠지.

베르니스는 그 집의 숱한 자잘한 일들, 숱한 자잘한 소란들을 생각하며 미소 지었다. 그곳에서 사람들은 매일 똑같이 필요한 것들에 대비하고, 똑같은 무질서를 정돈하면서 온종일 돌아다녔을 것이다. 비극적인 일들이 거기서는 별로 중요하지 않았다. 여행자나 이방인이기만 하면 그런 일들에 미소 짓고 넘어가게 되니까…….

그는 생각했다. '그렇다 해도 여기서도 다른 데나 마찬가지로 1년 내내 저녁이 찾아온다. 태양이 지구를 한 바퀴 돈 것이다. 다음 날은…… 삶이 또 시작되는 거다. 그들은 저녁을 향해 나아갔다. 그러면 더는 아무런 근심이 없었다. 덧창들이 닫혔고,

책들은 정돈되었으며, 불 막이도 제자리에 잘 놓여졌다. 그렇게 얻어진 휴식은 영원할 수도 있었을 텐데. 영원할 것 같은 느낌이 들었으니까. 나의 밤 시간은 휴식보다 적으니……'

소리를 내지 말고 앉아야 했다. 그는 차마 자신을 드러내지 못했다. 모든 것이 너무 고요하고 한결같아 보였기 때문이다. 정성스레 내려진 블라인드로부터 햇빛이 스며들었다. '찢어졌구나, 여기서는 사람들이 늙어 가도……. 무엇을 알게 되려나?……' 옆방에서 들리는 발걸음 하나가 그 집에 마법을 걸었다. 조용한 발걸음. 제단의 꽃을 정돈하는 수녀의 발걸음. '어떤 미세한 일을 마치는 걸까? 내 인생은 비극처럼 꽉 조여 있는데, 여기는 움직임들 사이에, 생각들 사이에 공간과 공기가 얼마나 넉넉한지……' 그는 창문을 통해 들판 쪽으로 몸을 기울였다. 들판은 몇 리나 되는 하얀 길과 함께 햇빛 아래 뻗어 있었다. 기도하러 갈 때, 사냥하러 갈 때, 편지를 가지러 갈 때 지나는 길이다. 탈곡기 하나가 멀리서 털털거리고 있었다. 소리를 들어 보려고 애를 썼다. 배우의 조그마한 목소리는 객석을 숨죽이게 한다.

다시 발자국 소리가 울렸다. '자질구레한 것들을 정리하나 보다. 진열장들을 서서히 혼잡스럽게 했으니까. 각 시대마다 물러나면서 그 조개껍질들을 뒤에 남겨 놓았으니……'

누군가 말하기에 베르니스가 귀 기울여 보았다.

"그녀가 이번 주를 넘길 것 같니? 의사가……."

발걸음들이 멀어져 갔다. 베르니스는 너무 놀라서 입을 다물었다. 누가 죽게 된단 말인가? 가슴이 조여들었다. 삶의 모든 증거인 하얀 모자, 펼쳐진 책 등에 그는 도움을 청했다.

다시 말하는 소리가 들렸다. 사람이 가득 찼으나 너무도 차분한 목소리였다. 그들은 죽음이 그 지붕 아래 자리 잡았음을 알고 있었고, 죽음의 얼굴을 외면하지 않고 친근히 맞아들이고 있었다. 미사여구로 꾸민 것은 아무것도 없었다. 베르니스는 생각했다. '모든 것이 참으로 단순하구나. 사는 것, 정리하는 것, 죽는 것…….'

"거실에 놓을 꽃들은 땄니?"

"응."

그들은 분명치 않으나 고른 어조로 나지막하게 말했다. 그들은 자잘한 일에 관해 숱하게 말했고, 다가올 죽음은 그것들을 칙칙한 잿빛으로 채색할 뿐이었다. 갑자기 웃음소리가 나더니 저절로 잦아들었다. 깊은 뿌리는 없지만, 극적인 위엄도 억누르지 못하던 웃음.

"올라가지 마, 그녀가 잠자고 있으니까."라는 소리가 들렸다.

베르니스는 몰래 엿듣게 된 얘기 때문에 괴로움에 빠져서 앉아 있었다. 그는 발각될까 봐 두려웠다. 이방인이 나타나면 모두 표현해 줘야 할 필요를 느끼게 마련이어서 괴로움을 더 노골적으로 표시하게 된다. 그래서 "그녀를 알던, 그녀를 사랑했던 당신이……."라고 소리친다. 그러면 죽어 가는 여인을 아주 우아하게 일으켜 세우게 되는데, 그것은 용납될 수가 없다.

그런데 그는 그렇게 친밀해도 될 권리가 있었다. '왜냐하면 그녀를 사랑했으니까.'

그는 그녀가 다시 보고 싶어서, 몰래 계단을 올라가 그 방의 문을 열었다. 그 방에는 여름이 온통 담겨 있었다. 벽은 환했고, 침대는 흰색이었다. 열린 창문은 빛으로 가득했다. 멀리 있는 종탑의 시계가 평화로이 느리게 심장의 올바른 박동, 즉 열이 없는 정상적인 심장의 박동 소리를 알려 주었다. 그녀는 자고 있었다. 여름 한복판에서 그 얼마나 찬란한 수면인가!

'그녀가 죽을 거라니…….' 그는 빛이 가득한 반들반들한 마룻바닥에서 앞으로 나아갔다. 자신의 평온함이 이해가 안 되었다. 그런데 그녀가 끙끙거렸다. 베르니스는 차마 더 앞으로 침투하지는 못했다.

그는 거기에 어떤 어마어마한 존재가 있는 것 같다고 생각했다. 환자들의 영혼이 펼쳐지며 방을 채우고, 그 방은 상처와도 같다. 그래서 차마 가구도 건드리지 못하고, 걷지도 못한다.

아무 소리도 들리지 않았다. 파리들만 윙윙대고 있었다. 멀리서 부르는 소리만 그 고요함을 깼다. 신선한 바람 한 줄기가 방 안에서 나른히 굴렀다. '벌써 저녁이구나.' 베르니스는 생각했다. 그는 이제 곧 당겨 놓을 덧창과 램프 불빛을 생각했다. 넘어야 할 한 단계처럼 환자를 괴롭힐 밤이 곧 찾아오리라. 약한 램프가 이제는 신기루처럼 흘리고 있고, 그림자도 돌지 않고 열두 시간 내내 같은 각도로 보게 되는 사물들이 마침내 머릿속에 각인되어 견딜 수 없는 무게로 짓누르고야 만다.

"거기 누구죠?" 그녀가 말했다.

베르니스가 다가갔다. 애정, 연민이 입술을 향해 끓어올랐다. 그는 몸을 기울였다. 그녀를 도우려고. 그녀를 품에 안으려고. 그녀의 힘이 되려고.

"자크……." 그녀가 그를 뚫어져라 바라보았다. "자크……." 그녀는 자신의 생각 깊숙한 곳으로부터 그를 끌어올렸다. 그녀는 그의 어깨를 찾지는 않고, 추억 속을 뒤지고 있었다. 그녀는 난파당한 사람이 건져 내질 때 그러하듯이 그의 소매에 달라붙었다. 존재를, 버팀목을 붙잡으려는 것이 아니라, 하나의 이미지를 붙잡기 위해⋯⋯. 그녀는 바라본다⋯⋯.

그리고 이제 서서히 그가 낯설어 보인다. 그녀는 그 주름, 그 시선을 알아보지 못한다. 그녀는 그를 부르기 위해 그의 손가락들을 꽉 조인다. 그는 그녀에게 아무런 도움도 되지 못한다. 그녀가 자기 안에 품어 두고 있는 친구는 이제 없다. 그녀는 그가 거기 있는 것에 대해 벌써 싫증이 나서 그를 밀치고, 고개를 돌린다.

그는 건널 수 없는 거리에 놓였다.

그는 소리도 없이 도망쳤고, 다시 현관을 지났다. 잘 기억나지 않는 어마어마한 여행, 어수선한 여행에서 돌아오고 있는 거였다. 그는 괴로웠던 걸까? 슬펐던 걸까? 그는 멈춰 섰다. 침수되는 선창에 바닷물이 스며들듯 저녁이 슬그머니 스며들었고, 잡동사니들은 불이 꺼지듯 곧 어둠에 묻힐 참이었다. 그는 이마를 유리창에 대고서 보았다. 보리수나무 그림자들이 길어지면서 서로 합류하여 밤의 잔디를 덮는 것을⋯⋯. 멀리 있는 마을에 불이 켜졌다. 그의 손 안에 담을 만한 겨우 한 줌의 불빛. 더는 거리가 없었다. 그는 손가락으로 구릉을 만질 수 있을 것만 같았다. 집 안에서는 아무도 소리 내지 않았다. 집 정돈이 끝났나 보다. 그는 움직이지 않았다. 그 비슷한 저녁들이 떠올랐다. 사람들은 잠수부처럼 무거운 몸으로 일어났다. 여인의 매끈한 얼굴이 닫히듯 굳어지자, 사람들은 갑자기 미래가, 죽음이 두려워졌다.

그는 나갔다. 그리고 발각되고 싶고 불러 주기를 바라는 마음이 간절해서 다시 돌아왔다. 그랬다면 그의 마음이 슬픔과 기쁨으로 녹아 버렸을 것이다. 하지만 아무것도, 아무도 그를 붙들지 않았다. 그는 아무런 저지 없이 나무들 사이로 미끄러져 들어갔다. 그리고 울타리를 펄쩍 뛰어넘었다. 도로는 딱딱했다. 이제 끝났다. 결코 다시 돌아오지 않을 것이다.

5

베르니스는 출발하기 전에 모든 일을 내게 요약해 주었다.

"보다시피, 나는 주느비에브를 나의 세계로 끌어오려고 했어. 내가 그녀에게 보여 주던 것들 모두가 칙칙하고 우중충해졌지. 첫 번째 밤은 뭐라 형용할 길 없이 두툼해서 우리는 그 밤을 넘길 수가 없었어. 나는 그녀에게 그녀의 집, 그녀의 삶, 그녀의 영혼을 돌려줘야 했어. 길가의 백양목 모두를 하나씩 하나씩. 우리가 파리로 올라올수록 세계와 우리 사이의 두께가 줄어들었어. 마치 내가 그녀를 바다 아래로 끌어가려 했던 것인 양…… 나중에 내가 또 그녀를 만나려 했을 때는 그녀에게 다가가 그녀를 만질 수 있었지. 우리 사이에 공간은 없었어. 대신 그보다 더한 것이 있었지. 그게 뭔지 너한테 말해 줄 수가 없구나. 천 년이라고 해야 할까. 다른 인생으로부터 우리는 너무 멀리 떨어져 있어. 그녀는 자신의 하얀 이불보, 자신의 여름, 자신의 확실성들에 꽉 달라붙어 있었고, 나는 그녀를 데려올 수가 없었어. 이제 내가 떠나게 해 줘."

진주들을 만지긴 하지만 환한 곳으로 가져올 줄은 모르는 인도 잠수부 같은 너는 이제 어디로 보물을 찾으러 가려는 거니? 내가 걷던 그 사막, 납처럼 무겁게 바닥에 붙들려 있는 나, 나는 거기서 아무것도 발견하지 못할 것이다. 하지만 마술사인 너에게 사막은 그저 모래 장막일 뿐이고, 그저 외양일 뿐……

"자크, 시간 됐어."

6

이제 그는 굳어진 몸으로 몽상에 잠긴다. 그토록 높은 곳에서는 바닥이 움직이지 않는 것처럼 보인다. 노란 모래의 사하라 사막은 끝없이 이어지는 골목이 그렇듯 파란 바다까지 이어진다. 훌륭한 비행사 베르니스는 옆으로 미끄러지며 비행하여 오른쪽으로 빠져나가는 듯 보이는 해안과 비행기가 나란히 놓이게 한다. 아프리카에서 선회를 할 때마다 그는 비행기를 부드럽게 기울인다. 다카르까지는 아직도 2천 킬로미터가 남았다.

그의 앞에서 그 불순종하는 영토의 눈부신 하얀색이 보인다. 간혹 가다 바위가 드러나 있다. 바람이 빗자루처럼 모래를 쓸어 놓아서 여기저기에 반듯한 모래 언덕들이 만들어졌다. 움직이지 않는 대기가 비행기를 부착물처럼 붙들어 놓았다. 앞뒤로도 흔들리지 않고, 옆으로도 흔들리지 않고, 그토록 높은 곳에서는 풍경의 이동이 전혀 없다. 비행기가 바람 속에 꽉 끼인 채 견디고 있다. 첫 번째 기항지인 포르테티엔은 공간이 아닌 시간에 기재되어 있어서, 베르니스는 시계를 들여다본다. 부동과 침묵 속에서 6시간을 더 보내고 나면, 번데기로부터 나오듯 비행기로부터 나오게 된다. 그러면 세계가 새롭다.

베르니스는 시계를 들여다본다. 시계를 통해 그런 기적이 실행되니까. 그다음에는 움직이지 않는 회전계를 들여다본다. 그 바늘이 자신의 숫자를 놓아 버리면, 기계 고장이 인간을 사막에 넘겨준다면, 시간과 거리들은 새로운 의미, 그가 생각조차 못 하는 의미를 갖게 될 것이다. 그는 4차원 속에서 여행하고 있다.

그런데 그는 그 숨 막힘이 뭔지 알고 있다. 우리 모두가 경험한 일이다. 우리의 눈 속에는 너무나 많은 이미지들이 흐르고 있었는데, 우리는 그중에 단 하나의 이미지에 갇혀 있다. 그 이미지는 모래 언덕, 태양, 침묵의 진정한 무게를 지닌다. 우리는 취약하다. 밤이 오면 영양들을 가까스로 피하게 할 동작들로만 무장했으니까. 3백 미터 정도까지밖에 들리지 않아서 사람들에게 가 닿지도 못할 목소리로 무장했으니까. 우리는 각자 그 알 수 없는 행성에 언젠가 떨어지게 된 적이 있다.

거기서는 우리 생활 리듬에 비해 시간이 너무 넓어지게 된다. 카사블랑카에서는 약속들 때문에 시간들을 세고 있었다. 각 시간마다 우리의 마음을 바꿔 놓곤 했다. 비행기에서는 30분마다 대기가 바뀌었고, 이에 따라 우리의 육체가 바뀌었다. 그런데 여기서는 우리가 주週 단위로 시간을 따지고 있다.

동료들이 우리를 거기로부터 끌어냈다. 그리고 우리가 기운이 없으면, 우리를 동체에서 들어 올려 주었다. 그 세계로부터 자신들의 세계로 우리를 끌어내 주던 동료들의 무쇠 같은 손목.

베르니스는 숱한 미지의 것들에 관해서는 균형 잡힌 생각을 하면서 정작 자신에 대해서는 잘 모른다고 생각한다. 목마름이나 버려둠 또는 무어 부족의 잔학성이 그의 내부에서 무엇을 초래하게 될까? 갑자기 포르테티엔 기항을 한 달 이상 못 하게 된다면? 그는 또 생각한다.

'나는 아무런 용기도 필요하지 않다.'

모든 것이 추상적인 채로 있다. 젊은 조종사가 위험을 무릅쓰고 공중회전을 할 때면, 그가 자기 머리 위로 너무 가까울지라도 흩뿌려 놓는 것은, 아주 작더라도 그를 박살내게 될 단단한 장애물이 아니라, 꿈속에서처럼 유체流體 같은 나무들, 벽들이다. 용기 내, 베르니스.

하지만 모터가 부르르 떠는 소리를 내는 바람에 기가 꺾여서, 언제고 튀어나올 수 있는 미지의 것이 자리를 잡을 것이다.

그 곳, 그 만灣은 드디어 한 시간 뒤 무장 해제된 중립 지대로 이어졌고, 프로펠러를 전속력으로 돌려서 이 지역을 통과했다. 하지만 전방前方의 바닥 각 지점은 알 수 없는 위협을 지니고 있다.

아직도 1천 킬로미터가 남았다. 이 거대한 식탁보를 자기 쪽으로 끌어당겨야 한다.

"포르테티엔에서 쥐비 만에게. 우편기 16시 30분 무사하게 도착."
"포르테티엔에서 생루이에게. 우편기 16시 45분 출발."
"생루이에서 다카르에게. 우편기 16시 45분 포르테티엔 출발, 밤 내내 비행 계속."

동풍이 분다. 이 바람은 사하라 내륙에서 불고, 모래는 노란 회오리 모양으로 올라가고 있다. 새벽에 지평선에서는 탄력적이고 창백한 태양이 뜨거운 안개 때문에 이지러진 모습으로 떠올랐다. 희끄무레한 비누 거품 같다. 하지만 정점을 향해 올라가다가 서서히 축소되고 조정되더니 불타는 화살이 되었다. 목덜미에서 뜨거운 송곳처럼 달구는…….

동풍이다. 포르테티엔에서 고요하고 거의 선선하기까지 한

대기 속에서 이륙하는데, 1백 미터 고도에서 용암류를 맞게 된다. 그러면 당장,

유온油溫 120도.

수온水溫 110도.

2천 미터, 3천 미터 고도로 올라간다, 당연히! 모래 온도도 제압한다, 당연히! 하지만 5분간 급상승하기 전까지는 자동 점화 장치와 밸브들이 타들어 가듯 뜨겁다. 게다가 올라간다는 것이 말이 쉽지……. 비행기가 탄성 없는 대기 속으로 돌진하면, 매몰되어 버린다.

동풍. 아무것도 보이지 않는다. 태양이 그 노란 소용돌이들 속에 말려 들어가 있다. 태양의 창백한 얼굴이 때때로 튀어나와 불타오른다. 땅은 수직으로만 보인다, 참 나! 급상승해야 하나? 급강하해야 하나? 기울이며 가야 하나? 통 모르겠는걸! 1백 미터가 상승 한도인데. 할 수 없지! 더 낮은 데서 찾아보자.

지면 가까이에는 북풍 한 줄기가 분다. 괜찮다. 동체 밖으로 팔 하나를 뻗어 본다. 쾌속선에서는 그런 식으로 차가운 물에 손가락들을 담그고 장난치곤 한다.

유온 110도.

수온 95도.

그게 강물처럼 차가운 거냐고? 비교적 그렇다는 얘기다. 춤을 추듯 좀 흔들리고, 땅바닥의 주름마다 따귀를 갈겨 댄다. 아무것도 보이지 않으니 골치 아프다.

그런데 티메리스 만에 오니 동풍이 바다까지 휩쓴다. 더는 그 어디에도 피난처가 없다. 타고 있는 고무 냄새. 마그네틱 발전기에서 나는 걸까? 접합부에서? 회전계의 바늘이 머뭇거리더니 열 바퀴를 양보한다. '이런, 이제 너까지 끼어든다면……'

수온 115도.

10미터도 확보하기가 불가능하다. 불쑥 다가오는, 점프대 같은 모래 언덕에 눈길을 던진다. 압력계들도 한 번 본다. 이런! 모래 언덕이 요동친다. 조종간을 배에 갖다 대고 조종한다. 하지만 오랫동안 그렇게 하지는 못한다. 물이 가득한 사발을 들고 있듯 두 손 안에서 비행기를 균형 잡는다.

바퀴들로부터 10미터 떨어진 곳에 있는 모리타니아가 자신의 모래, 소금, 해안, 자갈의 급류를 서둘러 보낸다.

1,520 회전.

첫 번째 수직 하강을 하자 기류가 조종사를 주먹질하듯 강타한다. 20킬로미터 거리에 프랑스 초소. 오로지 그거 하나뿐. 거기에 도달해야 한다.

수온 120도.

모래 언덕들, 바위들, 소금들로 정신이 없다. 모든 것이 엄청난 시련이다. 자, 가자! 주위가 넓어지고 트이다가 닫힌다. 바퀴들에 닿을락 말락, 큰일이다. 그 검은 바위들이 저기에 무더기로 촘촘히 있으면서 천천히 다가오는 것 같더니 갑자기 미쳐 날뛴다. 그것들 위로 하강하면 그것들은 흩뜨려진다.

1,430 회전.

'만약 사고를 당하면……' 손가락을 금속판에 살짝 스쳤더니 타는 듯 아프다. 냉각기가 요동을 치며 증기를 뿜어 댄다. 너무 많이 실린 수송선처럼 비행기가 무겁다.

1,400 회전.

바퀴로부터 20미터 떨어진 곳에서 급히 던져진 듯 튀어 오른 마지막 모래들. 재빠른 삽질로 튀어 오른 것만 같은……. 황금빛 모래들. 모래 언덕 하나를 펄쩍 넘으니 초소가 드러나 보인다. 아! 베르니스는 엔진을 끈다. 그래야 할 때니까.

풍경이 도약을 하다가 제동이 걸리더니 죽어 버린다. 먼지투성이 세계가 다시 구성된다.

사하라 사막에 있는 작은 프랑스 보루. 나이 많은 중사가 베르니스를 맞이했고, 동포를 보고는 반가워서 웃었다. 세네갈 사

람 스무 명이 받들어총을 하였다. 백인이면 최소한 중사이고,
젊다면 중위일 테니까.

"안녕하십니까, 중사님!"

"아! 어서 오세요, 너무 좋네요! 저는 튀니스 출신입니다……."

그는 자신의 어린 시절, 추억, 마음 등 그 모든 것을 대번에
베르니스에게 털어놓았다.

작은 탁자, 벽에 핀으로 꽂아 놓은 사진들.

"네, 친척들 사진입니다. 아직도 그분들을 전부 알지는 못하
지만, 내년에는 튀니스에 갈 겁니다. 그 사진요? 제 친구의 애
인이죠. 그의 테이블에서 늘 봤던 사진이에요. 그 친구는 늘 그
녀 얘기를 했죠. 그가 죽었을 때 제가 그 사진을 가져와서 그가
했던 일을 계속하는 거죠. 저는 애인이 없었거든요."

"목이 마른데요, 중사님."

"아, 마시세요! 포도주를 대접하게 되어 기쁘네요. 대위님
이 오셨을 때는 포도주가 없었어요. 그분은 5개월 전에 다녀가
셨어요. 그러고, 물론, 저는 오래도록 어두운 생각들을 했어요.
그래서 여기서 빼내 달라고 편지들도 보냈지요. 이제 와서 생
각해 보면 그런 일을 한 게 너무 부끄럽네요.

"제가 뭐하냐고요? 매일 밤 편지를 써요. 잠을 안 자죠. 제게

양초가 있어요. 하지만 우편기가 6개월에 한 번씩 도착할 때면, 그렇게 써 놓은 편지들이 답장으로서는 쓸모없게 되죠. 그러면 다시 시작해요."

베르니스는 그 늙은 중사와 함께 보루의 테라스로 담배를 피우러 올라간다. 달빛 아래 보이는 그곳 사막은 어쩌나 텅 비어 있던지. 그는 이 초소로부터 무엇을 감시하는 걸까? 아마도 별들이겠지. 어쩌면 달……

"중사님은 별들의 중사 아닌가요?"

"마다하지 마시고 피우세요, 제게 담배가 있으니까요. 대위님이 오셨을 때는 없었지요."

베르니스는 그 중위, 그 대위에 대해 다 알게 되었다. 아마도 중사는 그들의 유일한 결점과 유일한 미덕을 말했을 수도. 한 사람은 놀음을 했고, 다른 사람은 너무 선량했다. 모래사막에서 헤매고 다니는 늙은 중사에게 젊은 중위가 지난번에 방문했던 일은 사랑의 추억과도 비슷하다는 사실 또한 알게 되었다.

"그분이 제게 별에 대해 설명해 주셨거든요……"

"그렇군요. 그분은 중사님에게 저 별들을 맡기신 거로군요." 베르니스가 말했다.

그리고 이번에는 중사 자신이 별에 관해 설명해 주었다. 중사는 거리에 관해 가르쳐 주면서 멀리 있는 튀니스도 생각했다. 북극성을 가르쳐 줄 때는, 그의 얼굴로 그 별을 알아볼 수 있다고 단언했다. 그 별을 약간 왼쪽에 두기만 하면 되었을 것이다. 그는 튀니스를 그토록 가깝게 생각하고 있었다.

"그러면 우리는 현기증 나는 속도로 이 별로 떨어지게 되는데……." 그러자 중사가 때맞춰 벽을 붙잡았다.

"다 알고 계시군요!"

"아닙니다, 중사님. 심지어 내게 '부끄럽지도 않으세요? 그토록 많이 배우고 가정교육도 잘 받은 훌륭한 집안 자제분이 그렇게 뒤로 돌기도 못하시다니?'라고 말한 중사도 있었던 걸요."

"저런! 부끄러워하지 마십시오, 그건 너무 어려워서……."

그가 베르니스를 위로했다.

"중사님, 중사님! 중사님의 순찰 초롱이……."

베르니스가 달을 가리키며 그렇게 말했다.

"이런 노래 아세요, 중사님?

비가 내린다, 비가 내린다, 양치기 소녀야……."

그는 그 가락을 흥얼거렸다.

"아! 네, 알아요. 그건 튀니스 노래인데……."

"그 다음을 들려 주세요, 중사님. 나는 그걸 떠올려 볼 필요
가 있거든요."

"자, 잠깐만요.

네 하얀 양들을 들여 놓으렴,

저기 초가집 안으로……."

"중사님, 중사님, 기억나네요.

들어보렴, 잎사귀들 아래

요란한 소리를 내며 흐르는 물,

벌써 폭풍이……."

"아, 맞아요!" 중사가 말했다.

그들은 같은 것들을 이해하고 있었던 거다…….

"동이 트네요, 중사님. 일하러 가요."

"그러십시다."

"내게 점화플러그 스패너를 건네주세요."

"아! 물론이죠."

"여기를 펜치로 눌러 보세요."

"아! 명령만 하세요⋯⋯. 모든지 다 해 드릴 테니."

"보시다시피, 아무것도 아니었네요, 중사님. 이제 출발하겠
어요."

어디서 왔는지 알 수도 없고 이제는 날아가 버리려 하는 젊
은 신神을 중사는 찬탄 어린 눈길로 바라본다.

그에게 노래 한 곡조, 튀니스, 그리고 그 자신을 상기시키려
고 온 신인가⋯⋯. 그 아름다운 전령들이 사막 너머 어떤 낙원
으로부터 소리도 없이 내려오는 걸까?

"안녕히 계십시오, 중사님!"

"안녕히 가세요⋯⋯."

중사의 입술이 떨렸는데, 그 자신은 그런 줄 짐작도 못 했다.
중사는 앞으로 6개월간 그 사랑을 간직한다는 말을 할 줄 몰랐
을 것이다.

7

"세네갈의 생루이에서 포르테티엔에게. 우편기 생루이에 미도착. 긴급히 소식 주기 바람."

"포르테티엔에서 생루이에게. 어제 16시 45분 출발 이래 소식무. 즉각 수색할 예정."

"세네갈의 생루이에서 포르테티엔에게. 632호기 7시 25분 생루이 출발. 이 항공기의 포르테티엔 도착까지 그쪽 출발 보류요망."

. . . . .

"포르테티엔에서 생루이에게. 632호기 13시 40분 도착. 조종사는 충분한 가시거리에도 불구하고 아무것도 보지 못함. 조종사는 우편기가 정상 노선에 있으면 발견되었으리라고 판단. 일정한 간격으로 치밀한 수색을 위해 세 번째 조종사 필요."

"생루이에서 포르테티엔에게. 오케이. 지시들을 내립시다."

"생루이에서 쥐비에게. 프랑스-아메리카 노선 소식 무. 포르테티엔에 긴급히 내릴 것."

• • • • •

쥐비.

정비공 한 명이 내게 돌아온다.

"앞부분 왼쪽 트렁크에는 물, 오른쪽 트렁크에는 식량, 뒤쪽에는 보조바퀴와 약상자를 넣어 놓겠습니다. 10분이면 되는데, 괜찮습니까?"

"괜찮소."

기록 노트. 지시 사항.

'내가 없는 동안 매일 일지를 작성할 것. 월요일에는 무어인들에게 급료 지불. 비운 수통들은 범선에 실을 것.'

그러고 나서 나는 창틀에 팔꿈치를 괴고 있다. 한 달에 한 번씩 내게 단물을 보급해 주는 범선이 바다 위에서 살짝 흔들린다. 그 배는 매력적이다. 흔들거리는 약간의 생명력, 깨끗한 내의로 나의 온 사막을 입혀 준다. 나는 방주에서 비둘기의 방문을 받고 있는 노아다.

비행기가 준비되었다.

· · · · ·

"쥐비에서 포르테티엔에게. 236호기가 14시 20분 포르테티엔
으로 출발."

· · · · ·

대상隊商의 길은 뼈다귀로 표시되어 있고, 우리의 길은 몇몇
비행기로 표시된다. "보하도르 곶의 비행기까지는 아직 1시간
이……." 무어인들에게 약탈당한 뼈다귀들. 표식들.

1천 킬로미터의 모래에 이어 포르테티엔. 사막에 네 채의
건물.

"우리는 자네를 기다리고 있었네. 우리는 낮을 이용하기 위
해 당장 다시 떠난다네. 하나는 해안으로, 다른 하나는 20킬로
미터 떨어진 데로, 또 다른 하나는 50킬로미터 떨어진 데로. 우
리는 밤 때문에 보루에서 기항하는 거야. 자네는 비행기를 바
꿔 타는 건가?"

"응. 접속 밸브 때문에."

옮겨 타기.

출발.

· · · · ·

아무것도 아니었다. 그저 컴컴한 바위일 뿐. 나는 계속해서 사막을 샅샅이 뒤지며 다닌다. 검은 점이 나타날 때마다 잘못된 것인 양 나를 괴롭힌다. 하지만 그것은 그저 모래가 내게 굴려 보낸 컴컴한 바위이다.

동료들이 더는 보이지 않는다. 그들은 각자 하늘의 자기 영역을 담당하고 있다. 새매의 참을성. 내게는 바다가 더는 보이지 않는다. 하얀 화염덩어리 위에 떠 있는 나는 살아 있는 거라고는 아무것도 보지 못한다. 내 심장이 뛴다. 멀리에 잔해가……

시커먼 바위다.

내 모터. 강물처럼 으르렁대며 작동 중이다. 진행 중인 그 강이 나를 감싸고, 나를 소진시킨다.

베르니스, 네가 이해할 수 없는 희망에 기우는 것을 나는 자주 보았다. 뭐라고 해석해야 할지 모르겠다. 네가 좋아하던 니체의 구절이 떠오른다.

'뜨겁고, 짧고, 우수에 젖고, 매우 행복한 내 여름.'

너무 찾아다녀서 눈이 피곤하다. 검은 점들이 춤을 춘다. 내가 어디로 가는 건지 더는 잘 모르겠다.

· · · · ·

"그러니까 중사님, 그를 보셨다는 거죠?"

"그분이 새벽에 이륙했는데……."

우리는 보루의 기슭에 앉는다. 세네갈 사람들이 웃고 있고, 중사는 몽상에 잠긴다. 번쩍이지만 쓸데없는 석양.

우리 중 하나가 과감하게 말한다.

"만약 비행기가 파괴되었다면…… 자네도 알다시피……
거의 찾을 수가 없어!"

"그야 그렇지."

우리 중 하나가 일어서서 몇 걸음 딛는다.

"조짐이 좋지 않은걸. 담배?"

우리는 밤 속으로 들어간다, 짐승들, 인간들, 사물들 모두…….

· · · · ·

우리는 담뱃불을 빛 삼아 밤 속으로 들어가는데, 세계는 자신의 진정한 차원들을 다시 취한다. 대상들은 포르테티엔에 도달하느라 늙는다. 세네갈의 생루이는 꿈의 경계에 있다. 그 사막은 방금 전 신비스러움도 없는 모래일 뿐이었다. 세 걸음만 가면 도시들이 있는데, 인내와 침묵과 고독을 견디기 위해 무장된 중사는 그런 장점을 헛되다고 느꼈다. 이곳에는 하이에나한 마리가 소리 지르고, 모래가 살고 있다. 하지만 하나의 부름이 신비를 다시 구성한다. 뭔가가 생겨나고, 도망치고, 다시 시작하는데…….

별들은 우리를 위해 진정한 거리들을 측량한다. 평화로운 삶, 충성스런 사랑, 우리가 소중히 여긴다고 믿는 여인, 그것들이 어디 있는지 알려 주는 것도 북극성인데…….

남십자성은 보물의 위치를 가리켜 준다.

· · · · ·

새벽 3시경, 우리의 양털 담요가 얇아지고 투명해진다. 달의 저주다. 나는 꽁꽁 언 몸으로 일어난다. 보루의 테라스로 담배를 피러 올라간다. 담배……. 담배……. 그렇게 나는 새벽을 기다리리라.

달빛 아래 이 작은 초소. 고요한 물이 흐르는 항구다. 항해자들을 위해 별들이 모두 모여 운행한다. 우리의 세 비행기의 나침반들은 얌전히 북쪽을 가리키고 있다. 그럼에도…….

너의 실제 발걸음을 마지막으로 디딘 곳이 여기인 거니? 감각들로 느낄 수 있는 세계는 여기서 끝난다. 그 작은 보루는 선착장이다. 그 무엇도 진짜가 아닌 달빛으로 향하는 문턱.

밤은 멋지다. 그런데 너는 어디 있는 거니, 자크 베르니스? 어쩌면 여기에, 어쩌면 저기에? 네 존재가 벌써 얼마나 가벼운지! 나를 둘러싸고 있는 사하라는 이제 신고 있는 것이 너무 없어서, 여기저기서 그저 영양의 껑충거림이나 겨우 맞아들이며, 가장 묵직한 모래 자락으로도 가벼운 아이 하나를 겨우 견뎌 낸다.

· · · · ·

중사가 내게 다시 왔다.

"안녕하세요."

"안녕하세요, 중사님."

그는 귀를 기울여 본다. 아무 소리도 들리지 않는다. 베르니스, 너의 침묵으로 형성된 침묵이다.

"담배?"

"네."

중사가 자신의 담배를 씹는다.

"중사님, 내일 내가 내 동료를 찾아 낼 겁니다. 그가 어디 있을 거라고 생각하시나요?"

중사는 자신만만하게 지평선 전체를 가리키는데…….

길 잃은 아이 하나가 사막 전체를 채우고 있다.

· · · · ·

베르니스, 네가 어느 날 나한테 고백했지. "나는 인생을 썩 잘 이해하지도 못하면서 인생을 사랑했어. 완전히 충실치도 못했던 인생을……. 내게 뭐가 필요한지도 그리 잘 알지 못했어. 그저 가벼운 갈망이었는데……."

베르니스, 너는 어느 날 나한테 고백했다. "내가 짐작하던 것은 그게 뭐든 뒤에 숨어 있었어. 노력하면 이해하게 될 것 같았고, 마침내 그것을 알게 되어 가져가게 될 것 같았어. 그런데 환한 곳으로 결코 끌어내지 못했던 친구의 존재로 당혹해하면서 가게 되네……."

배 한 척이 뒤집히는 것 같다. 한 아이가 잠잠해지는 것 같다. 돛들, 돛대들, 희망들의 가벼운 떨림이 바닷속으로 들어가는 것 같다.

· · · · ·

새벽. 무어인들이 쉰 목소리로 외쳐 대는 아우성. 피로로 바닥에 주저앉은 낙타들. 총 3백 자루로 무장하고 북쪽에서 몰래 내려와, 동쪽에서 튀어나와 습격하여 대상 행렬을 학살했을 것이다.

우리도 그 무장 습격 쪽에서 찾아보는 건 어떨까?

"그럼 부채꼴로, 오케이? 중앙의 비행기는 정동正東으로⋯⋯."

열풍이 분다. 고도 50미터부터는 이 바람이 진공청소기처럼 우리를 바싹 마르게 할 것이다.

· · · · ·

나의 동료⋯⋯.

여기서는 그게 보물이었다. 너는 그걸 찾아다닌 거다!

이 모래 언덕에서 두 팔을 벌린 채 그 짙푸른 만灣을 마주하고, 별들의 마을들을 마주하고 있던 너는 그날 밤 그토록 가벼

윘는데…….

네가 남쪽으로 내려올 때는 얼마나 많은 밧줄이 풀어졌던가.
그저 단 한 명의 친구밖에 없어 이미 공기처럼 가벼워진 베르
니스. 거미줄 하나가 너에게 겨우 연결되어 있었는데…….

그날 밤 너는 더더욱 가벼웠다. 현기증이 네게 엄습했지. 가
장 수직으로 떠 있는 별 속에 그 보물이 있다, 오 순식간에!

내 우정의 거미줄이 너에게 가까스로 연결되어 있었다. 충실
하지 못한 양치기인 나는 잠이 들었나 보다.

· · · · ·

"세네갈의 생-드니에서 툴루즈에게. 프랑스-아메리카 우편
기가 티메리스 동부에서 발견됨. 가까이에 적군. 조종사 사망.
비행기 파손 우편물 안전. 다카르로 이송."

8

"다카르에서 툴루즈에게. 우편물 다카르에 무사히 도착."

《남방 우편기》에 관하여

　1929년 7월에 출간된 《남방 우편기》는 인쇄 제본된 판본으로는 앙투안 드 생텍쥐페리의 첫 작품이다. (앞서 1926년에 발표한 《비행사》는 잡지 〈은 범선〉에 실렸다.) 아주 어릴 적부터 매료되었던 비행기 조종사라는 천직 외에 이제 그의 인생에서 또 다른 중요한 열정이자 직무가 생기게 된 것이다. 그리고 이 작품을 계기로 떳떳하게 문학의 세계에 발을 디디게 되었다. 그는 이 작품을 위시하여 《야간 비행》, 《전시 조종사》 등에서 조종사로서 겪는 감정과 경험을 담곤 하였다. 움베르토 에코는 "그가 쓰기 위해 비행했는지, 아니면 비행하기 위해 쓰곤 했는지 알기 어렵다."라고 했을 정도다.

　생텍쥐페리가 1939년에 아카데미 프랑세즈가 해마다 수여하는 문학상의 소설 부문에서 대상을 받은 뒤 〈르 피가로〉와 한

인터뷰에서, 그에게 비행과 글쓰기 중 어느 것이 더 중요하느냐고 묻는 질문에 그 둘을 나누고 싶지 않으며 자기에게 그 둘은 하나라고 대답한다. 그리고 만약 비행사가 아니었어도 작가가 되었겠느냐는 질문에(에코가 한 말은 바로 이 질문자와 같은 호기심에서 비롯되었을 것이다.), "당연히 그랬을 것이며, 내적인 장場은 똑같다."라고 대답한다.

글쓰기와 비행, 그 둘은 생텍쥐페리에게 있어 '행동action'의 장이었고, 존재의 방식이었던 것이다. 생텍쥐페리의 지휘관이었던 줄레 소령은 "그를 멀리서만 알던 사람들은 그를 자기들이 원하는 바, 즉 시인, 인간 연구자, 해박한 지식인, 마법사 등으로 여길 수 있을 것이다. 하지만 그의 형제였던 우리는 그가 기본적으로 비행사, 항공인이라는 사실을 알고 있다. 허영심 때문이 아니다. 소명에 의해, 열정에 의해*."라고 회고하였다.

《남방 우편기》가 출간되기 전 몇 년간의 생활을 보면, 생텍쥐페리는 1926년 10월부터 라테코에르 회사의 조종사로 일했다. 툴루즈-부에노스아이레스 간 우편물을 알리칸테, 지브롤터, 모로코의 아가디르, 모리타니아, 다카르를 거쳐서 운송하던 항공

---

* 르네 들랑주가 《생텍쥐페리의 인생》에서 인용한 말을 뤽 에스탕이 《생텍쥐페리》(1956)에서 재인용.(p. 43)

사였다. 그로부터 1년 뒤 생텍쥐페리는 쥐비 만(오늘날의 타르파야)의 비행장 책임자로 발령되었다. 툴루즈-다카르 구간 비행에서 아주 중요한 기항지였던 이곳은 모로코에서 지중해 쪽으로 있으며 에스파냐 보호령 지역이었다. 그는 사막과 대양 사이에 있는 보루에 살고 있었는데, 가까이 있는 활주로에는 일주일에 한 번씩 비행기들이 착륙했다. 당시 남아메리카로 가는 우편물은 주로 배편으로 보내지던 터였다. 그곳에는 소식들이 늦게 전해졌고, 무선 전신은 통신이 두절되는 일이 심심찮게 일어났다. 생텍쥐페리는 적대적인 부족들 또는 다소 우호적인 부족들에 둘러싸인 이 고립된 지역에서 비행기들이 안전하게 이착륙할 수 있게 하는 책임을 맡고 있었다.

생텍쥐페리는 그렇게 책임이 막중하나 한가하기도 한 낮과 밤에 그 텅 빈 시간들을 채우기 위해 "책들을 좀 읽고 책 한 권을 쓰기로 했다."고 어느 편지에서 고백하면서, "나는 이미 백여 페이지를 썼고, 그것을 구축하는 일에 꽤 말려 들었다."고 전한다. 이 작품에서는 문장들이 뚝뚝 끊어지고, 통사 면에서 중요한 요소들이 빠져 있기 십상이고, 표현들은 의식의 흐름을 되는 대로 쫓아간 듯 간간이 이해를 거부하는 것처럼 보이기까지 한다. 이런 면들을 두고 초보 작가의 '멋 부리기'나 '치기'

로 폄하할 수도 있을 테지만, 그럼에도 뭔지 모를 매우 매혹적인 그 미완의 문장들은 '텅 빈' 것 같은 공간과 시간 배경을 구현하기 위한 표현들이었을 것이다. 단어의 선택과 구성은 일상적인 표현으로 이어지지 않고, 낯설고 모호한 경우가 대부분이다. 이는 단어 하나하나에 너무 많은 사유를 담으려 했을 뿐 아니라, 그 단어들이 당대의 철학적 사유에서 중심이 되는 개념어들을 염두에 둔 것이기에 짧은 한마디라도 지적 유산과 문화적 배경이라는 수맥에서 끌어올린 샘물 같은 것이어서 그런 듯싶다. 공간과 시간, 이미지 등에 대한 언급이 무성한 것도 그래서인듯······.

생텍쥐페리는 1929년 초 파리에서 이 원고의 마지막 손질을 하였다. 생텍쥐페리는 이 원고를 갈리마르 출판사의 당시 대표인 가스통 갈리마르에게 보여 주었다. 이렇게 갈리마르에 제출된 원고를 읽은 앙드레 지드는 이 원고에 관해 장 폴랑에게 아주 칭찬 어린 평가를 했다고 한다. 지드는 1925년에 자크 리비에르가 죽은 이래 맡고 있던 잡지 〈라 누벨 르뷔 프랑세즈〉에 이 원고를 상당 부분 발표하자고 장 폴랑에게 제안하기까지 했다.

1929년 2월 가스통 갈리마르는 생텍쥐페리에게 계약하자고 제안했고, 갈리마르가 당시 관리하던 작가이자 이미 명성을 얻은 앙드레 뵈클레에게 서문을 쓰게 했다. 이 서문에서 뵈클레는 생텍쥐페리의 비행사로서의 자질만 부각시키고 이 소설의 문학적 가치에 관해서는 아무런 언급을 하지 않는데, 이 점에 대해 뵈클레는 뒤에 아쉬워한다. 생텍쥐페리는 쥐비 만에서 돌아와 항공 수업을 받고 있던 브레스트에서 이 원고의 교정쇄를 받아보고 수정 작업을 했다. 소설이 출간되자 장 프레보는 정평 있는 평론지 〈라 누벨 르뷔 프랑세즈〉에다 찬사 넘치는 서평을 쓴다. 반면, 다른 평론지 〈누벨 리테레르〉에서는 에드몽 잘루가 사랑에 관한 플롯이 두께가 부족하다며 조심스런 입장을 보인다. 가스통 갈리마르는 생텍쥐페리의 이후 작품들에 대해서도 계약을 하고 싶다는 의향을 보인다.

이 소설은 앞서 발표된 첫 중단편 《비행사》의 증보판으로 여겨지고 있다. 《남방 우편기》의 주인공 자크 베르니스는 《비행사》에서 주인공으로 이미 등장했다. 그는 생텍쥐페리처럼 라테코에르의 조종사이며, 이 항공사는 남아메리카에서 1926년부터 유럽행 항공 우편을 담당하고 있고, 주인공은 거기서 항공 우편기의 조종사 일을 하고 있다. 베르니스는 생텍쥐페리처럼 위험한 직업을 수행하고 있는 것이다. 그가 사랑하는 여인 주느비에브는 그런 그의 삶을 수용하기 힘든 여인이고, 그들은 결국 헤어지고 만다. 생텍쥐페리 또한 약혼녀 루이즈 드 빌모랭과 유사한 이유로 약혼을 파기한 바 있다.《남방 우편기》의 화자는 툴루즈에서 출발한 자크 베르니스의 비행기를 기다리면서, 어릴 적 친구였던 자크를 생각한다. 그런데 자크는 알리칸테 상공에서 폭풍우를 만나고 이 난국을 넘기는데 성공하지만, 그 다음은 순조롭지 않다.

그 다음에 이어지는 사건들은 분명하게 묘사되기보다는 화자의 마음 상태와 자크의 연인에 얽힌 회상이 번갈아 이어지면서 특이하고 모호한 서술 방식으로 전개된다. 외적인 사건들보다 마음속 갈등과 저항감이 뭐라 표현할 길 없는 상태에 놓여 있어서 완결된 문장으로 내뱉지 못하는 심정이 아마도 그렇게 뚝뚝 끊어지고 의미가 모호한 표현들로 이어지게 된 것인지도 모른다. 기계 부품과 인간 사이에서의 삐걱거림은 인간관계에서의 마찰과 삐걱거림으로 대위법처럼 교차되고, 플롯의 주역을 본질적인 문제들에 관한 성찰로 이끌어 간다. 성찰은 회상으로 이어지고, 회상은 다시 성찰로 이어지고, 성찰하는 조종사의 비행기는 비행을 계속하지만, 그의 사랑에 관한 플롯이 파국을 맞듯 비행 또한 파국을 맞는다.

줄거리를 요약하기 힘든 이야기에 속하지만 그럼에도 간략히 요약해 보자면 다음과 같다.

주인공 자크 베르니스는 남아메리카로 갈 우편물을 수송하는 항공기로 툴루즈로부터 다카르까지 운항해야 한다. 무선 전신은 그의 출발을 다음 기착지들에 알린다. 에스파냐 상공에서 베르니스는 회상에 빠져 어린 시절을 떠올린다. 알리칸테에서 기항을 하고, 비행기를 간단히 점검한 뒤 다시 출발한다. 그런데 이번에는 폭풍 속에 사로잡혀 케이블이 제대로 작동되지 않고, 비행기는 위험천만으로 기울어진다. 발로 툭 쳐서 케이블을 다시 작동시키고, 비행기는 제대로 위치를 잡는다.

현재 시제로 서술되는 이런 상황 전개와 교차되는 회상은 과거 시제로 서술된다. 자크 베르니스는 주느비에브를 사랑했었다. 그녀는 자신과 기질이 다른 에를랑과 결혼했다. 부부 관계는 원만치 않으며, 아이가 병에 걸리자 그들 사이의 긴장은 고조되고, 불안한 상황은 둘의 관계를 점점 악화시킨다. 아이를 돌보느라 뜬 눈으로 며칠 밤을 보내고 난 주느비에브는 탈진하여 잠시라도 바깥 공기를 쐬고자 외출하고 싶어 한다. 그런 그녀에게 남편은 아이가 병에 걸린 것이 그녀에 대한 신의 벌이라고 질책한다. 아이가 죽자 주느비에브는 그 집을 도망쳐 나와 베르니스에게서 피난처를 찾고자 한다. 하지만 베르니스에

186

156

186

게서도 원하는 바를 얻지 못하고, 베르니스 또한 그녀가 원하는 삶을 자신이 마련해 줄 수 없음을 느낀다. 사랑과 생활은 다른 것임을 깨달은 것이다. 절망에 빠진 그는 몽마르트르의 술집에서, 다른 여인과의 잠자리에서 위안을 찾아보려 하지만 아무 소용없었다.

베르니스의 비행기는 유럽을 떠나 카사블랑카와 아가디르에서 기항을 한 뒤 쥐비 만을 향해 다시 출발한다. 쥐비 만에서는 기다리지만 베르니스의 비행기는 오지 않는다. 사막에서 추락한 걸까? 아니면 무어인들에게 붙잡힌 걸까? 있을 수 있는 사고들을 추정하는 가운데 마침내 아가디르와 무선 전신이 다시 연결되었고, 베르니스의 비행기는 되돌아가야만 했다. 그가 다시 출발할 것이라는 무선 전신이 다카르에 통보된다. 베르니스의 비행기는 이륙한다. 그런데 비행기가 고장을 일으켜서 사고가 난다. 전보가 그의 죽음을 알린다. 과거에 속하는, 즉 현재에는 없는 세계를 이야기하며 우수에 젖곤 하던 베르니스, 그에게는 이제 현재마저 더는 존재하지 않음을 알리며 이야기는 끝을 맺는다.

이 작품은 책 출간 때도 반응이 좋았고, 그 성공을 다시 증명하듯 영화로도 진작 만들어졌다. 프랑스 감독 피에르 비용이

연출하여 1937년 1월에 개봉하였으며, 유명한 로베르 브레송 감독이 시나리오 작업에 참여했다. 실은 생텍쥐페리 자신이 시놉시스를 구성하여 피에르 비용 감독과 제작자들을 유혹한 거였다. 그들은 생텍쥐페리에게 시나리오를 써 보라고 했고, 독일 각색 작가 한스 G. 뤼스티그와 비용 감독이 함께 마지막 손질을 했다. 에어프랑스의 협찬도 얻어 내고, 촬영은 모로코 남쪽의 모가도르 지역에서 진행되었다.

생텍쥐페리가 소설가로서의 경력을 본격적으로 시작하게 된 이 작품에서는 향후 출간되는 작품들에서 다양한 방식으로 다시 다뤄지는 요소들이 곳곳에 눈에 띈다. 생텍쥐페리를 아는 독자라면 《어린 왕자》에서 먼저 봐 버린 시적 감성과 그 표현들을 보다 수줍은 형태로 발견하면서 반가워하리라.

1900년 6월 29일 프랑스 남서부 도시 리옹에서, 귀족인 아버지 장 드 생텍쥐페리 백작과 음악가이자 화가인 어머니 마리 드 퐁스콜롱브의 5남매 중 셋째(2남 3녀 중 장남)로 태어났다.

1904년 아버지가 갑자기 역에서 뇌출혈로 쓰러져 사망하자, 뷔제 지방에 있는 고모할머니의 생모리스 드 르망 성채와 바르 지방에 있는 외할머니의 라 몰 성채를 오가며 생활했다. 여자들에 둘러싸여 자라며 관대한 보살핌을 받아서인지 반대를 잘 받아들이지 못했고, 형제들에게 명령하기를 좋아해서 '태양왕'이라고 불렸다.

1909년 온 가족이 르망으로 이사했다. 예수회가 운영하는 노트르담 드 생트크루아학교에 입학했는데, 살짝 들린 코끝 때문에 친구들에게 놀림을 받았다.

1910년 새처럼 하늘을 날고 싶다는 열망에서 '하늘을 나는 기계'를 고안하고 목수의 도움을 받아 '돛 달린 자전거'를 만들었는데, 구덩이에 처박히는 결과로 끝났다.

1912년 자전거로 성채에서 6킬로미터쯤 떨어진 앙베리외 비행장을 찾아가서, 조종사에게 '어머니 허락을 받았다'고 거짓말을 하고 생애 처음 비행기를 탔다.

1914년 남동생 프랑수아와 함께 빌프랑슈쉬르손에 있는 콜레주몽그레중학교에 입학했다가, 건강상의 이유로 석 달 뒤 스위스 프리부르에 있는 성모마리아 수도회 소속 빌라생장중학교로 전학했다. 3년간 기숙사생으로 지내면서 발자크, 보들레르, 도스토옙스키 등을 알게 되었다.

1917년 파리로 올라와 생루이고등학교를 다니며 대학 입학시험을 준비했다. 그런데 기숙사에서 함께 지내던 동생 프랑수아가 심낭염으로 사망한다. 남동생이 고작 열네 살에 자신의 팔에 안겨 사망한 일로 마음에 깊은 상처를 받았다. 해군사관학교에 들어가기 위해 공부했다.

1919년 해군사관학교의 필기시험은 합격했으나 면접에서 낙방하자, 파리의 에콜데보 자르미술학교 건축과에 입학했다. 차츰 과학 외에 문학도 진지하게 받아들이면서 어머니의 사촌인 이본 드 레스트랑주 부인의 도움으로 파리 문단에 발을 들였다. 이때 19세 청년 앙투안은 첫사랑인 17세 루이즈 드 빌모랭을 만났다.

1921년 입대할 나이가 되자 4월에 공군에 지원, 스트라스부르 노이호프에 있는 제2비행여단에 배속되었다. 하지만 공군 조종사가 되기 위해 필요한 민간 자격증이 없어서 활주로 정비 등 지상 근무에 배치되자, 어머니가 보내 주는 돈으로 민간 자격증을 취득해서, 결국 6월 모로코 카사블랑카 제37전투연대 조종사가 되었다. 그런데 첫 비행부터 명령에 불복하고 자신의 취향대로 비행하는 돌출 행동을 해서 사고가 잦았으니, '비행기를 부수는 사람'이라는 불명예가 평생 앙투안을 따라다닌다. 장 지로두, 장콕토 등의 문학에 지속적인 관심을 유지했다.

1922년 2월 소위로 임관한 후, 카사블랑카를 떠나 부르제 제33비행연대 정찰 부대로 갔다.

1923년 비행기 추락으로 두개골 골절상을 입었다. 루이즈와 약혼하고, 그녀 가족들이 조종사라는 위험한 직업을 반대하자 6월 예비역 소위로 제대하고 파리에서 회계사로 취직했다. 하지만 9월 루이즈와 파혼한다.

1924년 소레 자동차 회사로 직장을 옮겨서 트럭 세일즈맨으로 근무했다. 지방 출장의 외로움을 술과 습작으로 달랬다.

1925년 파리에 들를 때마다 이모 집에 머물면서 앙드레 지드, 장 프레보 등의 유명 문인들과 친분을 맺었다.

1926년 4월 장 프레보의 주선으로 잡지 《나비르 다르장(Le Navire d'Argent)》에 《남방 우편기》의 초고격인 단편 소설 〈비행사(L'Aviateur)〉를 발표했다. 큰누나 마리 마들렌이 죽었다. 툴루즈로 가서 라테코에르 항공사에 입사, 영업부장 디디에 도라와 동료 비행사인 장 메르모즈, 앙리 기요메를 만났다. 그들의 조언을 받아 툴루즈-알리칸테(에스파냐) 노선의 첫 우편 비행에 성공했다. 라테코에르 항공사가 이름을 '아에로포스탈'로 변경했다.

1927년 6개월간 툴루즈-카사블랑카-다카르 정기 노선을 누볐다. 이때 기요메의 조종으로 카사블랑카–다카르 사이를 날다가 비행기 부품인 크랭크암이 부러져 사막에 불시착, 권총을 들고 두려움에 떨며 밤새 구조를 기다린 적이 있었다. 10월 모로코 남부의 기항지 캅쥐비(에스파냐령 사하라 사막)의 책임자로 파견되었다. 아에로포스탈의 장거리 운항 조종사들이 휴식을 취하는 중간 기착지로, 불시착해서 원주민 모로족에게 납치된 조종사들을 구조하는 일이 주 업무였다. 앙투안은 외출도 자유롭지 않고 비행기도 주 1회밖에 오지 않는 고독한 사막에서 18개월간 지내면서, 협상을 위한 아랍어를 공부했고, 아프리카여우를 길들였고, 《남방 우편기》를 썼다.

1928년 프랑스로 귀국, 브레스트에서 고급 비행사 면허를 취득했다.

1929년 갈리마르 출판사에서 《남방 우편기(Courrier Sud)》를 발표했다. 9월 부에노스아이레스의 '아에로포스탈 아르헨티나'에 파타고니아 노선의 개발 과장으로 발령받아 이미 그곳에 가 있던 메르모즈, 기요메와 합류했다. 신항로 개척은 짜릿하지만 고독한 작업이었던 만큼, 앙투안은 외로움과 권태로움에 힘겨워하며 틈틈이 《야간 비행》을 썼다.

1930년 민간 항공 부문의 공로를 인정받아 레지옹 도뇌르 훈장(기사 등급)을 받았다. 6월 기요메가 안데스산맥 횡단 중 행방불명되어 닷새 동안 수색했는데, 얼마 뒤 기요메가 스스로 살아 돌아왔다. 아르헨티나를 떠나기 몇 주 전 가을, 작은 체구의 갈색 머리 미망인 콘수엘로 고메즈 카리로(본명 콘수엘로 순신 산도발)를 만났다. 앙투안은 과테말라 국적의 외교관이자 화가이자 문인이자 사교계의 여왕인 그녀에게 반해서 서둘러 청혼했다.

1931년 1월 프랑스로 돌아와서, 4월 가족들의 반대를 무릅쓰고 아게 성당에서 콘수엘로와 결혼했다. 7개월의 짧은 연애를 거친 개성 강한 두 사람의 결혼은 싸움과 화해의 연속이었으니, 앙투안은 콘수엘로의 열정을 힘겨워했고, 콘수엘로는 조종사 남편의 부재와 직업적 위험성에 항상 마음을 졸였다. 5월 카사블랑카–포르에티엔 사이의 야간 시험 비행으로 프랑스–남아메리카 신항로를 개척했다. 10월 앙드레 지드가 서문을 쓴 《야간 비행(Vol de nuit)》을 출간했다. 문단은 '비행기 조종사의 독창적 경험담일 뿐 문학은 아니다'라고 폄하했지만, 12월 페미나상(프랑스의 권위 있는 문학상)을 받으며 여러 나라로 번역 출간 및 영화화되었다.

1932년 아에로포스탈이 문을 닫았다. 앙투안은 시험 비행사와 공습 조종사로 남는 한편 일간지 〈파리 수아르〉의 특파원으로 일했는데, 시험 비행 중 생라파엘 만 부근에서 추락했다.

1933년 프랑스가 모든 항공사를 통합해서 '에어프랑스'를 창립하자 입사하려 했으나 실패했다. 《야간 비행》이 미국에서 당대 최고의 배우 클라크 게이블 주연으로 제작되었다.

1934년 에어프랑스 홍보실에 입사했다. 《남방 우편기》의 시나리오를 쓰고 직접 조종사 역할로 출연했다.

1935년 〈파리 수아르〉의 특파원으로 모스크바에 체류하며 탐방 기사를 썼다. '가장 좋은 친구' 레옹 베르트를 만났다. 12월 파리-사이공 노선의 비행시간 갱신에 나섰다가 정비사 앙드레 프레보와 함께 리비아 사막에 불시착했다. 닷새간 사막을 배회하고 물까지 다 떨어져서 죽는구나 절망했을 때, 베두인 카라반(상인단)에게 발견되어 구출되었다.

1936년 알렉산드리아를 거쳐 귀국했다. 8월 〈앵크랑시장〉의 특파원으로 에스파냐 내전을 취재했는데, 이때 인간의 조건과 의미에 대해 깊이 고찰했다. 《성채》를 쓰기 시작했다. 남대서양에서 메르모즈가 실종되자 라디오와 언론에 기사를 보냈다.

1937년 톰북투-카사블랑카-다카르 직항 노선을 시험 비행했다. 6월 에스파냐 내전을 재취재해서 〈파리 수아르〉와 〈앵크랑시장〉에 보냈다.

1938년 뉴욕-푼타아레타스(칠레) 노선을 운항하다가 비행기가 추락, 다리를 절단해야 할 정도의 심각한 중상을 입었는데 별거 중이어서 고향에 머물고 있던 콘수엘로가 달려가 극구 반대하고 간호했다. 퇴원 뒤 프랑스로 귀국해서, 에스파냐 내전 취재 때 생각했던 것들을 《인간의 대지》로 쓰기 시작했다.

1939년 파리로 돌아와 《인간의 대지(Terre des hommes)》를 출간했다. 이 책으로 5월에 두 번째 레지옹 도뇌르 훈장을 받고, 6월에 아카데미프랑세즈의 소설 분야 그랑프리를 수상했다. 미국에서 《바람과 모래와 별들》이라는 제목으로 번역 출간되고 영화화되어 미국을 여행하다가, 유럽에 전운이 감돌자 8월 급히 귀국했다. 9월 4일 제2차 세계대전이 터지자 공군 대위로 툴루즈 몽트랑의 기술교육대에 소집되었다. 비행사 지원에서는 신체검사에 불합격했지만, 기어이 33비행정찰대 2팀에 배속되었다.

1940년 5월까지 각종 작전에 참여하다가, 아라스 상공 비행 중 독일의 공격으로 비행기가 벌집이 되고 간신히 귀환했다. 6월 독불 휴전으로 징집이 해제되자 마르세유로 돌아가 《성채》 집필을 이어 갔다. 10월 미국 출판사의 초청을 받는데, 11월 앙리 기요메가 지중해 상공에서 영국 비행기로 오인받아 이탈리아 전투기에 격추되었다는 소식을 듣자, 12월 뉴욕으로 떠났다. 처음에는 미국에 몇 주만 머무를 계획이었는데, 프랑스가 독일에게 점령되자 망명이 되었다. 엉뚱하게 신형 잠수 기계를 발명하는 등의 활동을 해서 FBI 요주의 대상 명단에 오르기도 했지만, 워낙 영화 '야간 비행'의 대중적 인기가 높아서 스타로 대접받았고 클라크 게이블, 그레타 가르보, 찰리 채플린, 마를렌 디트리히 등의 대스타들과도 자주 만났다. 그런데 '문제를 해칠 수 있다'면서 끝내 영어를 배우지 않았다.

1941년 LA에서 수술을 받고 회복기 8개월을 보내면서, 아라스 상공에서 비행기가 벌집이 되었던 아찔한 순간을 《전투 조종사》로 써 내려갔다. 미국 출판사들은 생텍쥐페리의 신간을 위해 기꺼이 거액의 선금을 지불했다.

1942년 《전투 조종사(Pilote de guerre)》가 미국에서 《아라스로의 비행(Flight to Arras)》이라는 제목에 베르나르 라모트의 삽화를 곁들여 번역, 출간되었다. 프랑스에서도 출간되었지만 이듬해 점령국 독일에 의해 판매가 금지된다. 여름에 롱아일랜드 베빈하우스에 자리를 잡고 《어린 왕자》를 집필했다. 생텍쥐페리의 뉴욕 생활은 매우 풍족하고 화려했지만, 그는 늘 '미국에 거주하는 프랑스인의 분열(비시정권 지지파와 드골정권 지지파의 충돌)에 이용당하고 있다'고 느꼈기 때문에, 연합군이 북아프리카에 상륙하고 3주 뒤인 11월 20일 '생텍스'라는 이름으로 라디오 방송에 출연해서 프랑스 국민의 단결을 호소했다. 12월 〈뉴욕 타임스〉에 '모든 곳에 있는 프랑스 사람들에게'라는 공개서한을 발표하고 2/33비행중대에 합류하려고 노력했다. 실비아 해밀턴에게 보내는 편지에 '나의 가장 큰 잘못은 내 동족이 전쟁으로 죽어 가는 동안 미국에서 살고 있는 것'이라고 썼다.

1943년 2월 《어느 인질에게 보내는 편지(Lettre à un otage)》를 출간했다. 4월 6일 뉴욕의 레이날 앤드 히치콕 출판사에서 《어린 왕자(Le Petit Prince)》를 영역본과 프랑스어본으로 동시 출간했다. 5월 전쟁이 재개되자 3주간 배를 타고 대서양을 건너서 모로코 우지다에 있는 미군 지휘하 비행 편대에 들어갔다. 하지만 미국 최신예 전투기 록히드 P38을 몰면서 영어를 못 해서 항공관제사와 무전 연락을 못 했고 고도 입력 오류(1만 피트를 1만 미터로 착각) 등의 치명적 실수를 연발, 결국 7월에 론강 상공 정찰 비행 후의 착륙 사고로 해고되었다. 8월 알제의 친구 집에 머물며 《성채(Citadelle)》 원고를 수정하고 제트 엔진을 연구했으며, 끈질기게 청원해서 '5회만 비행한다'는 조건으로 2/33비행정찰대에 재배속되었다.

1944년 2/33비행정찰대가 코르시카의 바스티아—보르고 기지로 이동했다. 7월 31일 오전 8시 25분 총 6시간의 연료를 채우고 비무장으로 단독 비행에 나섰다. 5회를 훌쩍 넘긴 8번째의 비행으로, 보름 후의 프로방스 상륙 작전에 쓰일 지역 상세 지도 제작을 위한 것이었다(론 계곡—안시—그르노블—프로방스를 거쳐 귀환하는 일정). 하지만 앙투안의 비행기는 오후 2시 반 교신이 끊기고 실종되었다. 앙주 만 인근 해안(니스~모나코 사이)에서 독일 정찰기에 격추되어 추락된 것으로 추측된다.

1945년 7월 31일 스트라스부르에서 추도식이 거행되었다.

1946년 6월 프랑스 갈리마르 출판사에서 《어린 왕자》를 출간했다.

1948년 국가에서 그의 죽음을 '프랑스를 위한 죽음'으로 인정했다.

1998년 9월 마르세유 먼 바다에서 한 어부의 그물에 생텍쥐페리의 이름이 새겨진 팔찌가 걸려 올라왔다.

2000년 생텍쥐페리의 정찰기로 추정되는 비행기 잔해가 발견되었다.

2004년 4월 7일 프랑스 공군이 '전해 가을 리우섬 근방에서 발견된 P38이 생텍쥐페리 비행기의 잔해로 판명되었다'라고 발표했다.

2008년 당시 참전했던 독일군 조종사 호르스트 리페르트가 '내가 생텍쥐페리의 정찰기를 격추시켰다'라고 주장했는데, 증거는 제시되지 않았다.

옮긴이 **이효숙**

연세대학교 불어불문과를 졸업했다. 프랑스 파리-소르본 대학에서 프랑스문학으로 석사학위,
박사학위를 취득하였다. 번역한 책으로는 《80일간의 세계일주》, 《마음과 정신의 방황》, 《표절에
관하여》, 자크 아탈리의 《등대》 등이 있다.

남방 우편기

1929년 오리지널 초판본 표지디자인

초판 1쇄 펴낸 날 2024년 11월 10일

지은이   앙투안 드 생텍쥐페리
옮긴이   이효숙
펴낸이   장영재
펴낸곳   (주)미르북컴퍼니
자회사   더스토리
전 화   02)3141-4421
팩 스   0505-333-4428
등 록   2012년 3월 16일 (제313-2012-81호)
주 소   서울시 마포구 성미산로32길 12, 2층 (우 03983)
E-mail   sanhonjinju@naver.com
카 페   cafe.naver.com/mirbookcompany
S N S   instagram.com/mirbooks

* (주)미르북컴퍼니는 독자 여러분의 의견에 항상 귀 기울이고 있습니다.
* 파본은 책을 구입하신 서점에서 교환해 드립니다.
* 책값은 뒤표지에 있습니다.